持續狩獵史萊姆三百年，不知不覺就練到 LV MAX 6

Morita Kisetsu
森田季節
illust. 紅緒

媽媽，謝謝妳！
©Benio

能、能讓媽媽感到高興的話，穿這樣也有意義了。
太、太可愛啦！
最強的不是我，是她們兩人才對!!
©Benio

精靈配藥師
哈爾卡拉
藍龍女孩
芙拉托緹
©Benio

高原魔女
亞梓莎
©Benio

真是驚人地美味哪!!
註：公務視察中。
持續當小公務員一千五百年，
在魔王的力量下
被迫擔任大臣
She works as a public employee for 1500 years

我可以靠美體，
變得更加閃耀奪目⋯⋯
這杯果汁，
是真正的味道呢！
©Benio

Contents

Story by Morita Kisetsu　Illustration by Benio

She continued destroy slime for 300 years

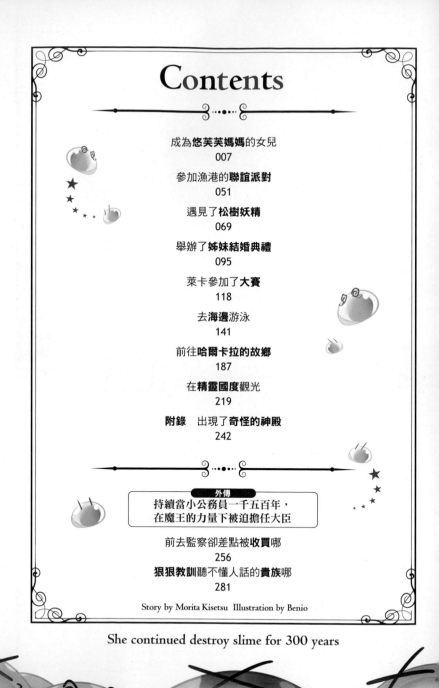

法露法＆夏露夏

史萊姆的靈魂凝聚而誕生的妖精姊妹。姊姊法露法是坦率面對自己的心情而天真的女孩。妹妹夏露夏則是關懷入微又善解人意的女孩。兩人都非常喜歡媽媽亞梓莎。

媽媽～媽媽～！最喜歡媽媽了！
……即使身體沉重，內心也要保持輕盈。

亞梓莎大人，今天吾人依然會誠心誠意，努力精進！
芙拉托緹比萊卡更加努力喔！

萊卡＆芙拉托緹

住在高原之家的紅龍&藍龍女孩。
萊卡是亞梓莎的徒弟，努力不懈的好孩子。
芙拉托緹是服從亞梓莎的元氣女孩。
同樣都是龍族，在各方面總是相互較勁。

哈爾卡拉

精靈女孩，亞梓莎的徒弟二號。
具備人人羨慕的完美容貌，
以及不時展現的成熟風範，
讓家人（主要是亞梓莎）十分嚮往……
不過依然還是家人中的殘念系角色。

這一次，絕對沒問題的！

佩克菈（普羅瓦托・佩克菈・埃莉耶思）

魔族國度之王。最喜歡利用權勢與影響力折騰亞梓莎與身邊的部下，是具備小惡魔個性的女孩。其實還兼具「想順從比自己強的對象」這種M的一面，目前對亞梓莎服服貼貼。

氣氛酷酷的魔女姊姊大人，最棒了呢。

不好意思，妹妹的個性太隨便了……

啊～好想花上司的錢去泡溫泉喔～

法托菈＆瓦妮雅

擔任別西卜祕書的利維坦姊妹。能變身成巨龍的外型，還負責接送並照顧亞梓莎等人往返魔族國度。姊姊法托菈認真又有才幹，妹妹瓦妮雅雖然迷糊卻有一手好廚藝。

武史萊

體術登峰造極，化為人形的武鬥家史萊姆。想窮究「武史萊流史萊姆拳法」以完成最強格鬥技，卻也有嗜錢如命的庸俗一面。目前向別西卜拜師修行中。

存錢就是我的興趣。

桑朵拉

曼德拉草女孩。生長了三百年，最後成為具備意識還會活動的個體。是不折不扣的植物，棲息在高原之家的家庭菜園內。雖然常固執己見又愛逞強，卻也有害怕寂寞的一面。

我只是生長在庭園內而已喔！吼～！

羅莎莉

居住在高原之家的幽靈少女。欽佩不避諱身為幽靈的自己，更伸出援手幫助的亞梓莎。雖然能穿牆，人卻碰不到，還可以附身在別人身上。

我會一直跟隨大姊的！

悠芙芙

為水滴妖精（水系妖精的一種）。具備足以拉攏亞梓莎的最強包容力，喜歡多管閒事，是大家的媽媽。

隨時都可以稱呼我媽媽喔？

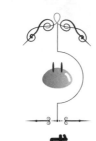

成為悠芙芙媽媽的女兒

She continued destroy slime for 300 years

「哦～是嗎，是這樣啊。原來體驗就讀並不順利啊～」

「再一次體會到法露法與夏露夏都是了不起的女兒呢。雖然身為母親也覺得很驕傲。」

我躺在沙發上，同時報告近況。

還自然地打了個呵欠。心想我真是無比放鬆啊。

要說是哪裡的沙發，就是水滴妖精悠芙芙媽媽家的沙發。

沒錯，我來到悠芙芙媽媽的家，無拘無束地休息。

要說能聊育兒經的對象，就只有堪比媽媽的悠芙芙媽媽而已。話雖如此，其實氣氛並非與媽媽友（註1）聊天，反而接近與自己的母親談話。

我能以女兒的立場放鬆的唯一地方——

註1 有小孩的媽媽彼此成為朋友。

就是悠芙芙媽媽家這裡。

「還多了一個叫桑朵拉的孩子吧？妳也真辛苦呢～」

「要說辛苦，其實她是曼德拉草，會自己在土壤中吸收營養，念書也由女兒們教她，所以不太需要費神呢。」

「可是，家人一變多的話，難道不會吵架嗎？」

「這個啊～其實桑朵拉只親近我和女兒呢……年齡上她說不定比我還大……雖然她不是真的與其他家人吵架，但有時候我還是希望她圓滑一點呢……」

不過這種問題，時間應該也會幫忙解決，桑朵拉很快也會適應吧。到時候就不會水土不服，而是水乳交融了吧。

話說回來，在悠芙芙媽媽的家裡，真讓人心平氣和啊。

這種老家的感覺真是不得了。

「那座瀑布現在怎麼樣了？有觀光客之類前來嗎？」

悠芙芙媽媽的家附近，有一座名叫布加比的蕭條小鎮。

之前建議他們使用這附近的瀑布做為觀光賣點。

「由於不雇用冒險家就無法抵達，普通觀光客似乎並未蜂擁而至，但高級冒險家偶爾會下來，稱讚真是絕景之類。知名度應該會逐漸擴散開來吧。」

「那麼，以中途過程而言或許還不壞。」

「亞梓莎，午餐要吃什麼呢？蘑菇通心粉好嗎？」

午餐也理所當然由悠芙芙媽媽為我準備。關於這一點也太棒了！

「那就恭敬不如從命，吃這個吧。」

「在煮好之前，稍微在沙發上睡一下如何？完成後會叫醒妳的。」

「謝謝。那我就睡一下吧。」

迷迷糊糊了一段時間後，悠芙芙媽媽幫我蓋上毛巾毯。

「來，亞梓莎，肚子別著涼囉。」

啊，無微不至的照顧！

最近，我偶爾會出門來到悠芙芙媽媽的家，以女兒的身分盡情度過時光。

在我心中，稱呼這種行為為「探親」。

沒錯，已經在異世界生活三百年的我，缺乏的就是探親的地方。

其實我並不是計較出身地，而是轉生的當下就已經住在高原之家，目前依然持續居住。

正因為有了探親的地方，慢活才終於算是提升到美好的品質了啊！

廚房傳來悠芙芙媽媽下廚的聲音。

啊～好放鬆喔。

「對了。家裡有西瓜，端出來當甜點吧。」

© Benio

西瓜當甜點！這也有老家的感覺呢！

「既然有益健康，蔬菜與蘑菇就多放一點吧。」

關心女兒健康的料理！同樣有老家的感覺！

於是我真的在用餐前直接打了個盹。

說是幸福滿分的時間也不為過。

「來，亞梓莎。煮好囉。」

聽到悠芙芙媽媽的聲音醒來後，只見桌上擺放冒著熱氣的蘑菇通心粉。

「味道應該不比餐廳吧。」

「沒關係，沒關係！老家的味道沒必要媲美餐廳！兩者沒辦法比較！」

老家如果端出餐廳的味道反而也麻煩。這算是一種範疇謬誤。貓咪咖啡廳就算出現成年獅子，顧客不只不會高興，反而還會嚇跑。

「這附近不是很潮溼嗎，所以有許多蘑菇生長喔。這道料理就是使用了那些蘑菇。」

「哦，的確放了各式各樣的蘑菇呢，有紅的與黑的。」

我拜託悠芙芙媽媽灑點起司粉。

啊，完全是在家庭享用的味道！我就是想吃這種口味！

其實並沒有什麼特別的功夫，例如加白酒當作隱藏調味，也沒有多層次的深奧味道。不過，美味得十分踏實，完全就是媽媽的愛化為香料之味。

「真是的，悠芙芙媽媽，太像媽媽了啦～♪」

「讓亞梓莎叫媽媽，我也很開心喔～來，多吃一點吧。還可以再添喔。」

我覺得悠芙芙媽媽的笑容快讓我融化了。

不如說，其實已經有點融化了呢。

我敢說，人生中需要媽媽。

以前住在日本的時候，媽寶丈夫是遭受妻子嫌棄的原因之一。我能明白這種心情。不過請稍等一下。媽媽不論幾歲都是媽媽。不會一到了二十歲，媽媽就突然變成爸爸或姊姊。不如說，如果妻子也當媽寶，不就可以不需要否定任何人，順利解決了嗎!?

雖然那已經是其他世界，而且還是三百多年前的事情，但我還是想提出建議。

我緊接著又吃了一盤。

不只是通心粉，蔬菜湯也很好喝。這是連內心都溫暖的味道。

哎呀，好好吃，真好吃。回到老家後，飯量會吃得比平常多三成。體重也會稍微增加一點呢。就是這種狀態。

「媽媽，話說這種紅色蘑菇叫做什麼啊？」

總覺得好像在那裡吃過。

「那是地精變變菇呢。脆脆的口感很有趣吧？」

「啊～是地精變變菇嗎～之前曾經吃過一次，結果發生不得了的事呢。」

…………哎呀？

為什麼我有發生過大事的記憶呢……？

記得吃了這種蘑菇後，身體會變得像地精一樣小吧……？之前不是被哈爾卡拉害得誤食而導致身體縮小嗎……

「啊，話說回來，亞梓莎吃這種地精變變菇沒關係嗎？妖精倒是沒有任何問題，但妳畢竟不是妖精呢。人類吃了之後會暫時變成小孩喔。」

悠芙芙媽媽晚了一步確認。

不久後可能毒性發作，我的身體不斷縮小——

縮水成小女孩尺寸後停了下來。

尺寸小到能輕易被法露法與夏露夏抱起來。差不多與桑朵拉一樣……

「哎呀呀～變得這麼可愛呢～啊，可愛是指身體大小，亞梓莎原本就很可愛喔。」

由於三百年間一直維持十七歲的模樣，我對可愛還頗有自信的——可是問題不在那裡。

我被悠芙芙媽媽一把抱起來。

之前變小的時候，記得好像也被家人這樣抱過。

看到變成小女孩的人，大家好像都會本能地想抱起來。不對，小女孩化現象實在太特殊了，或許不能如此廣泛地適用。

「嗯，好輕，好輕喔！好可愛～好可愛喔～！」

悠芙芙媽媽從剛才就連喊「好可愛」。

在並非原本尺寸的狀態下被人反覆喊著「好可愛」，實在高興不起來。

「哎……想不到會在這裡變小……反正知道只要服用『曼德拉草錠』就會復原，其實也不是那麼嚴重的問題……」

洞窟魔女艾諾目前販售的『曼德拉草錠』可以改善這種症狀。

「欸～妳要馬上恢復原貌嗎？」

雖然她以惋惜的語氣對我說，不過啊，當然要復原囉。維持這樣生活有太多不便之處。比方說，拿不到高處架子上的東西啦，去買東西的時候比成人狀態更容易累之類。

「欸，有件事情想拜託妳。」

悠芙芙媽媽將我放在地板上之後表示。

「可不可以暫時將我當成妳真正的媽媽呢？」

「我聽不太懂妳的意思耶。」

究竟該怎麼做才好呢。難道要我轉生成妖精嗎？這種事情，連我都辦不到喔。

「就是妳當我的女兒生活幾天啊。機會難得，也到城鎮去逛逛吧。」

「咦……？可是在我看來，之前也一直將悠芙芙媽媽當成媽媽對待喔？」

只見悠芙芙媽媽搖了搖手，表示否定。

「這個呀，是回老家探親的女兒與母親的關係吧？現在則是依然年幼的女兒與母親的關係啊。這是完全不一樣的喔。差異堪比水溝水與湧泉呢。」

這該不會在說，原本的我等於水溝水吧……？

「妳看，妖精是沒有親子之分喔。所以說，扮演妳的媽媽雖然也是一種樂趣，但既然要扮演，還想扮演女兒年紀更小的媽媽喔～呵呵呵～」

好像沒什麼意義地被她摸了摸頭。

似乎代表我值得她如此疼愛。

雖然我個人覺得心情很複雜，但她為我下廚做菜，讓我慵慵懶懶則是事實。

既然之前都是我有求於她，那麼悠芙芙媽媽有求於我也是無可厚非吧。

況且悠芙芙媽媽說自己沒有小孩，也在我心中縈繞。

其實我何嘗不是，目前與法露法和夏露夏這兩個世界第一可愛的女兒（不接受異議。因為她們就是世界第一可愛）住在一起，不過兩人是當初持續狩獵史萊姆的結果，奇蹟般誕生的存在。

正因為與兩人開心地生活，才會希望親切地對待嚮往生活中有女兒的人。

還有，我將悠芙芙媽媽視為媽媽，因此不論我呈現什麼尺寸，媽媽都是媽媽。這個世界上沒有其他的媽媽。

就在這時候，我想起同樣沒有媽媽的小孩。

也就是桑朵拉。

不對，桑朵拉也算是植物，因此肯定有形同父母的植物存在，但距離她形成人格已經過了非常漫長的時間，早就不知道父母株植物是誰。

曼德拉草變成像桑朵拉這種狀態是超級罕見的例子，其他的可能不是枯萎，就是被當成藥品材料之類吧。

至少無從得知桑朵拉是否有媽媽。

「我知道了，悠芙芙媽媽。就以這個模樣當妳的女兒吧。」

「呀～！媽媽好開心～！」

我被悠芙芙媽媽緊緊抱住。媽媽的胸部抵住，有一點難受。

「不過，有個條件……」

「嗯，什麼條件？說吧？」

可是，胸部真的，勒得好緊耶……

「能不能將曼德拉草的桑朵拉也當成女兒對待？由於她只親近我、法露法與夏露夏，我不在的時候她可能會擔心。」

「當然可以呀！不如說，感覺就像趁現在多附贈一個女兒，太棒了！」

這句話聽起來好像上輩子的購物頻道……

「那麼我先回高原之家，說明一下原委囉。」

「也對。那就拜託，拜託囉。」

終於從巨大的胸部中解脫。

胸部到底要怎樣才能發育得這麼大啊。該不會在做什麼壞事吧。

可是，我沒辦法馬上回去。

被水滴妖精悠芙芙媽媽緊緊抱著，導致我溼答答。

「哎呀呀，就這樣回去的話看起來像尿褲子呢～」

悠芙芙媽媽雖然說得事不關己，但這好歹是妳造成的喔？

「我以火炎魔法烤乾一下……」

◇

衣服乾燥完畢的我利用悠芙芙媽媽的移動魔法，回到高原之家。

然後向桑朵拉說明。

「嗯……當女兒嗎……我知道了。要當也可以。」

雖然感覺特別高高在上，但這是桑朵拉的基本態度，所以沒什麼問題。

「好，那麼，就這麼辦吧。」

附帶一提，以小女孩的模樣一進入高原之家，理所當然受到家人的疼愛。

「我要為了小小的主人製作餅乾！」

「吾人也要製作餅乾！」

「還有，為了小小的主人，還得去買衣服才行呢！」

「吾、吾人也會……去找漂亮衣服的！」

拜託，兩隻龍不要在這一點較勁啦！

還有要是讓她們買衣服，有可能演變成今後得三不五時變小才行，拜託饒了我吧。

「在這種狀態下再吃地精變變菇的話會怎麼樣呢？變成嬰兒？」

哈爾卡拉想像可怕的事情。這可不是開玩笑的耶……

◇

從當天傍晚，（變小的）我與桑朵拉以悠芙芙媽媽的女兒身分生活。

我與桑朵拉坐在飯廳的椅子上。

「哎呀，話說回來，桑朵拉妳沒有待在土壤裡呢。」

這個時間她大多已經潛入土壤中。

「……這裡溼氣不是很重嗎……水分太多了，植物生活在這裡會枯萎的……」

桑朵拉一臉疲憊地表示。原來事情有這麼嚴重喔！

「因此，這幾天要在室內度過。這個身體已經事先儲存了養分，可以一兩個月不鑽進土壤中。」

對喔。看起來像人類的部分全都是根部呢。以這層意義而言，曼德拉草的生態可能十分強韌也說不定。

「那麼，今天就由我代替法露法與夏露夏，教妳文字與算術吧。」
「是、是嗎……？那麼，就拜託妳了……」
雖然桑朵拉是不太會表達感情的類型，但我現在大致能辨識她是否高興了。
「呵呵，在吃飯之前為妳們兩人各烤了一個杯子蛋糕喔～怎麼樣～」
這時候身穿圍裙的悠芙芙媽媽端著蛋糕前來。看起來也好好吃。
「啊，桑朵拉沒辦法吃呢。很感謝妳的心意……」
「沒錯。我頂多只需要水分，以及不那麼潮溼的土壤即可。」
桑朵拉冷淡地表示。
不過，心裡似乎抱持過意不去的心情，臉色略微陰沉。
「哎呀呀～是這樣的嗎？真是抱歉喔。畢竟大家都有各自的生活方式呢～」
悠芙芙媽媽垂下眉梢，露出失落的表情，但隨後一把抱起桑朵拉。
然後毫不猶豫地擁抱。
「抱歉喔，桑朵拉。媽媽不知道妳的生活習性。原諒媽媽吧～」
「拜託！很難受耶！別這樣啦……不、不過……稍微一下下或許也不錯……」
起先露出反抗態度的桑朵拉，表情逐漸變得溫和。
「媽媽嗎……畢竟是植物所以不太了解，但有種放鬆的感覺呢。可能不壞喔……」
桑朵拉也從悠芙芙媽媽身上感受到媽媽的感覺！

「有種被亞梓莎擁抱時缺乏的放心感呢……難道這就是媽媽的胸部嗎……還是叫做母性？」

「反正我的胸部就是沒有那麼大啦！不好意思喔！」

有種輸得徹底的感覺！雖然覺得自己一次也沒有贏過，但就是不甘心！

「桑朵拉，妳可以稱呼我媽媽沒關係喔。不如說，這樣叫我吧。」

「媽媽，感覺好安穩。還有，適度吸收媽媽的水分，或許剛剛好呢。」

可以身為植物，吸收水滴妖精的水分嗎！

某種意義上，是連利害關係都一致的親子關係耶！

而且這一點我絕對無法模仿，在這當下我就贏不了啦！

「那麼，媽媽現在得去煮晚餐才行，在煮好之前桑朵拉就和亞梓莎姊姊一起玩吧。」

「嗯，我知道了。」

「亞梓莎，桑朵拉就拜託妳照顧囉。」

在悠芙芙媽媽的心中，設定成桑朵拉是妹妹，我是姊姊嗎？

「好~我知道了。桑朵拉，要玩家家酒嗎？」

「家家酒嗎……妳想玩的話倒是可以。」

這種時候絕對不會有「要玩~！」的反應，就是典型桑朵拉風格。

家家酒啊。由於法露法和夏露夏十分成熟，實際上我幾乎沒有陪她們玩過。兩人玩的家家酒該說追求真實性嗎，太過專門了一點也不孩子氣。或許這樣正好。

不過，與桑朵拉玩的家家酒，內容也有點怪怪的。

「那麼我當爸爸，在鎮上開鞋店喔。」

「我當一棵大杉樹。」

「……等等，究竟是以什麼設定創作何種劇情的啊……？」

雙方沒有交集吧。

「這時候想一個好故事，才是姊姊的責任吧。」

不會吧？還有這樣的喔……？

「啊～鞋店的工作今天又告了一段落。好，前去生長在鎮上不遠的大杉樹那邊吧。」

「…………」

「嘩～每次看都覺得這棵杉樹好大呢～」

「…………」

「欸，拜託說說話好不好……」

玩家家酒時另一人老是一句話也不說，這樣很寂寞喔。

「為什麼普通的巨大杉樹要說話啊。一句話也不說，單純靜靜地站在原地才是杉樹吧。一開口不就白費功夫了嗎？」

拜託不要在這種地方較真好不好……

「我說啊，能不能設定成樹會說話呢……？我拚命獨自扮演鞋店大叔，感覺好超現實喔……」

「知道了。就特別為妳設定成會說話吧。」

這個當妹妹的，還真是大牌啊……

若以母親的角度倒是不會在意，但以姊姊的角度就會逐漸感到不爽。

「哎呀，杉樹先生，今天情況如何啊？」

「鳥在上頭，築了一個巢。水質倒是還好。」

「杉樹先生，杉樹先生。」

「明年也會毫不留情地散布花粉喔。你們人類，覺悟吧。」

「……等等，等一下。還是很奇怪。還有改良的餘地。」

我要求中斷。

「杉樹雖然在說話，但完全沒和鞋店大叔對話耶？都在自言自語喔？」

「就算杉樹有心好了，為什麼會以為它想與人對話？妳以我為基準想太多了吧。」

桑朵拉，妳根本不想玩家家酒吧。

「……那麼，桑朵拉妳扮演麵包店老闆。」

「我比較喜歡巨大杉樹。」
「妳到底有多愛巨大杉樹啊!?」
完全不明白她堅持的點在哪裡！
「因為杉樹不是很高聳，足以環顧世界嗎？那很值得憧憬吧？」
完全是植物的基準……
「不要玩家家酒了，教妳念書吧。」
「是嗎？這樣也好。」
原來哄妹妹有這麼困難喔……
開始教她念書後，我馬上發現桑朵拉記得的詞彙比以前多得多。
「簡單的文句倒是會寫。像是『杉樹很高』、『盛夏的雨水如甘霖』、『羊齒蕨長在潮溼的地方，感覺好噁心』、『與蘑菇互相爭奪養分中』。」
「啊，會寫耶，的確會呢。雖然全部都與植物有關。」
「很學以致用吧。厲不厲害。」
雖然不知道這算不算學以致用，但懂得讀寫是好事。
沒多久，到了吃飯時間。
「來，亞梓莎，麵包烤好囉。」

悠芙芙媽媽端盤子過來。

「太棒了，肚子早就餓了呢。」

小麥的香氣撲鼻而來。

不知是否多心，好像比成人的時候更享受用餐。

保險起見詢問晚餐的湯裡是否摻了毒菇，不過湯裡沒有加蘑菇，所以可以放心。

「桑朵拉，妳似乎學會寫不少文字了呢～因為有姊姊教妳的關係嗎～」

悠芙芙媽媽打算徹底扮演媽媽的角色呢。

「嗯，我也很努力地教她喔。」

「這是我的實力。」

我就猜到桑朵拉會這麼說。

某方面來說，她原本就是這樣的小女孩，因此在這方面上並非演技，而是她的本性。

或許對悠芙芙媽媽而言剛剛好也說不定。

「可是，桑朵拉，既然姊姊也有幫助妳，就必須道謝才行喔。」

悠芙芙媽媽該嚴格的時候會嚴格。

桑朵拉瞄了一眼坐在一旁的我。

然後露出介於鬧脾氣與害羞之間的表情，

「謝謝妳……姊姊……」

開口表示。

啊，其實這還不壞呢。

讓小孩稱呼姊姊的感覺，今後也銘記於心吧。

「亞梓莎，桑朵拉，明天去鎮上買東西吧。如果有想要的東西，可以買給妳們喔。」

「妖精也會去鎮上買東西啊。」

我還不太明白水滴妖精的生活。這個家不僅有許多日用品之類，還能製作普通的料理，隱約看得出她過著接近人類的生活。

「雖然依照妖精而異，但我一直配合人類的生活方式。當個精靈幾百年一成不變，不是一點意思也沒有嗎？」

那的確很無聊……希望每天都有變化。

「為了這種時刻還一直在存錢呢，到時候幫妳們買許多可愛的衣服喔～」

雖然她怎麼存錢是個謎，但她願意幫忙買桑朵拉穿的衣服真是感激。法露法與夏露夏的衣服嫌太大了。

「吃飽後和媽媽一起洗澡喔。」

「我如果洗澡會造成根部腐爛，所以姊姊去洗就好。」

這個妹妹的限制真多啊。

「究竟隔了多久沒有與媽媽一起洗澡啊……」
我讓悠芙芙媽媽幫我搓背的同時表示。
畢竟小孩子會在不知不覺中，開始一個人洗澡呢。
最後一次與媽媽一起洗是小學幾年級的事？我當然想不起來。
「我是頭一次與女兒一起洗澡呢。」
悠芙芙媽媽似乎十分滿足。既然她看起來很滿足，就是最好的。
身體清洗乾淨後，兩人一起泡在浴池內。

◇

「媽媽，胸部好大喔。」
即使不是小孩子也會有這種感想，但目前是小孩的視角。
「亞梓莎長大後也會『長大』喔。」
「哪有，不會長得這麼大啦！唯有這一點可以肯定！」
無論怎麼成長，都有極限存在。每個人都有各自的壁壘，絕大多數人在悠芙芙媽媽的面前都有一道壁壘。
「啊～亞梓莎長大後會是什麼感覺呢。既然對植物很詳細，肯定會成為魔女呢～」
「對呀，想成為魔女呢～然後想悠哉游哉過日子呢～」

我們兩人上演親子相聲。

「桑朵拉長大後會成為什麼樣的人呢。」

「這、這個……會成為什麼樣的人呢……？」

那孩子外表會永遠保持小女孩吧……還是幾百年後會成為大人呢？

「數到一百之前不可以出去喔——雖然想這麼說，不過亞梓莎，妳已經泡很久了呢。」

「因為我最喜歡泡澡啦～」

提到社畜時代為數不多的娛樂，就是超級錢湯（註2）了。

「差不多該出去囉。要是引發脫水症狀可不得了呢。」

於是我和媽媽一起離開浴池，讓媽媽以毛巾幫我擦頭。

小時候，會受到這樣無微不至的照顧呢。

身為大人，盡到最低底線的責任同時過日子雖然也很開心，但這種生活別有一番樂趣。

洗完澡後，桑朵拉捧著書本，早已等待多時。

「媽媽，唸給我聽。」

註2　內附各種設施的豪華公眾浴池。

「好喔。」

桑朵拉很自然地撒嬌，悠芙芙媽媽似乎也非常開心。

原來在世界上，毫不客氣的態度也能算是一種服務啊。

當天我們三人睡在同一張床上。

附帶一提，媽媽一直為桑朵拉唸故事書的後續。

「可是，這時候卻發生不得了的事情。想不到，理應早已準備好的洋蔥卻不見了——啊，桑朵拉，已經睡著了嗎？」

桑朵拉發出呼呼的沉睡呼吸聲。原來她能像這樣在床上睡覺啊。

偶爾別在土壤中睡覺，像這樣交流也不錯啊。

「亞梓莎還醒著嗎？」

「嗯，還醒著喔，媽媽。」

「小孩子果然真好啊。」

這句話感覺像吐露坦率的心聲。

悠芙芙媽媽的手溫柔地包住我。

「我也覺得媽媽真好呢。」

雖然是不可思議的一天，不過很充實。

想著這些事情之際，覺得頭腦變得沉重，沒多久便安穩進入夢鄉。

◇

隔天，我們和悠芙芙媽媽來到還算繁榮的城鎮。

「呵呵呵～這真像是在作夢呢～」

媽媽的雙手分別牽著我和桑朵拉。我也和法露法與夏露夏一起來過這種場所，所以很明白她的心情。

現在就讓我盡情享受悠芙芙媽媽的愛吧。桑朵拉似乎也對悠芙芙媽媽的女兒這種設定得心應手呢。

「幫妳們兩個買好衣服喔。為了這種日子總有一天來臨，早就已經先挑好了呢。」

悠芙芙媽媽的眼神是認真的……

好，今天就徹底扮演她的換衣娃娃吧。

悠芙芙媽媽大方地在城鎮中昂首闊步。

「媽媽，妳已經習慣走在城鎮中了呢。」

「因為大家都沒發現我是妖精吧。況且我也刻意不密集去特定城鎮呢。」

既然她表現得很自然，才會看起來像人類嗎？畢竟這個世界居住了各式各樣的種族呢。

「唔，城鎮還真是熱鬧呢。希望不會有魔女……」

桑朵拉似乎很擔心魔女。被魔女那麼大規模搜索，留下心理陰影了嗎？

「放心吧，媽媽會拚了命保護桑朵拉的。所以儘管安心！」

媽媽的話讓人壯膽。已經與傾注在親生女兒的愛情毫無分別了呢。

「是、是嗎……謝謝妳，媽媽……」

桑朵拉似乎也承認悠芙芙媽媽是不折不扣的媽媽。既然她展現如此壓倒性的包容力，桑朵拉也無法再擺出高傲的態度。

「有、有什麼好笑的啊，亞梓莎……」

我嘻嘻笑了笑，結果被桑朵拉瞪。

「沒有啦~只是覺得妹妹的臉真紅呢。」

「什麼嘛。玩家家酒的時候，明明只肯扮演人類的角色……」

拜託，當時就算我扮演橡樹或櫟樹，氣氛也會變得很奇怪吧……

附帶一提，在當地的弗拉塔村，總是以魔女的身分成為目光的焦點，但這一次換悠芙芙媽媽了。

主要來自店鋪的男性店老闆之類。

「那位太太的胸部也太大了，不對，是也太美了……」「那對胸部實在太不檢點了。」「我家那口子如果也是那種巨乳美女就好了……」「胸部……不對，沒什麼，工作，工作……」

男人的眼裡只有那裡喔。

「那一位的胸部好大喔。」「該不會使用了魔法之類吧。」「哇～輸了啦！」

不好意思，似乎連女性都十分注目。不論男女好像都會在意。

這也難怪，悠芙芙媽媽以媽媽的身分走在鎮上，美貌可是任何人都會為之駐足呢。

高原之家的家人們也很可愛，但那是屬於「可愛」的範疇。不論對萊卡而言，對哈爾卡拉而言，還有不好意思對我而言，其實比較像受人吹捧的偶像系。

不過悠芙芙媽媽的情況，則是更加妖豔。

一言以蔽之，就是情色感十足。

而且有我們兩人在身旁，似乎更襯托出她的美豔。

「那位太太，太犯規了吧……」「真是不道德的家族啊……」

似乎我們在場的關係，讓她散發有夫之婦的感覺。我也不是不明白那些人的心情。悠芙芙媽媽正好眼角還有些下垂。

真是怪了……可是，我和法露法與夏露夏走在一起時，從沒被人說過像有夫之婦耶……難道這代表我缺乏了那些事物嗎……？

「亞梓莎，怎麼了嗎？露出不高興的表情？」

「我在思考關於成人的魅力。」

「不需要那種東西啦。因為亞梓莎的可愛是全年無休的！」

從這句形容方式來看，我果然缺乏成人的魅力吧……

這件事情有必要帶回去，深入檢討一番。

就這樣，悠芙芙媽媽一走在鎮上，就顯得特別引人注目。

然後我們抵達目的地的服飾店。

這個世界的服裝以縫製為大宗，不過這間店經手大量成品的童裝。

因為這座城鎮規模相當大，才得以撐起這種店吧。

悠芙芙媽媽向女性店員表示「我要找適合這兩個孩子的衣服。價格多少都無妨」。

真是卯足了勁呢……

店員小姐也目光有神。

「我知道了，太太。我會全力支援，讓這兩位女孩子顯得更加可愛！真虧您這麼會帶小孩，養育出這麼別致的小姊妹呢！」

感覺店員小姐的發言也微妙地不對勁。

「對吧？可愛到爆炸吧？」

「是呀。可愛到好想吃掉呢。」

這句形容詞讓桑朵拉嚇了一跳。

「別、別吃我啦……」

「桑朵拉，她不是魔女所以不會吃妳的。是一種比喻喔。」

「原來是這樣……」

由當姊姊的我解釋給桑朵拉聽。

「好的，那麼兩位小姐請往這邊。我會讓妳們更漂亮的喔！」

我們被店員牽起手。看來會變成比想像中還誇張的換衣娃娃耶……

「亞梓莎，我會面臨什麼下場呢……」

桑朵拉還在害怕！

「放心吧，她不會加害我們的。應、應該不會……」

接下來，我和桑朵拉都被換穿上各式各樣的禮服。

每一次試穿都展現給悠芙芙媽媽看。

以下是悠芙芙媽媽讚不絕口的褒獎。

「呀～！好棒喔！超級妖精級的可愛！這件衣服我買了。」
「哎呀～有種女兒太可愛了不好意思的感覺呢！這件衣服我買了。」
「能直接贏過美貌的女神呢。這件衣服我買了。」
「一如俗諺，就算跑進眼睛裡也不會痛呢（註3）。這件衣服我買了。」

親眼見到真的太驚悚了，拜託別這樣。

是不折不扣的溺愛女兒耶……而且買衣服毫不手軟……明明每一件衣服都相當昂貴……原來她的手頭這麼闊綽啊……

雖然我逐漸感到恐懼，桑朵拉卻反而恍然大悟般，表情漸漸變得恍惚。

「亞梓莎，我是不是，看起來像公主啊……？足以讓所有人類跪倒在我面前……？」

啊，照理說一直與物質生活無緣的桑朵拉，難道中了金錢的魔力嗎!?

最後足足花了八十萬戈爾德買衣服。

真是貴婦……我從來沒為自己的女兒買過這麼高價的衣服……

於是我與桑朵拉穿著輕飄飄的禮服，走出店家。

註3「疼愛」的慣用語。

剩下的禮服疊在一起，由悠芙芙媽媽捧著。

「天呀，兩人怎麼看都像是公主呢！」

「我還是頭一次穿這種衣服……」

「那麼先稍等一下喔。趁買到的禮服起皺之前，我先放回家裡去！」

悠芙芙媽媽走到四下無人的場所後，立刻施放空間移動後消失。那種能力還真方便啊。

「原來花錢這麼有趣啊。我可能頭一次知道呢……」

「桑朵拉，快回來啊！那種世界對妳而言還太早了！」

原本我打算在悠芙芙媽媽回來之前保護桑朵拉。這是姊姊的責任。

可是不知為何，身體突然飄至半空中。

起先以為是悠芙芙媽媽，但隨即得知是更加粗魯的力量。

下一瞬間，我就被塞進某處。是馬車內。

緊接著桑朵拉也被丟了進來。

我一把接住桑朵拉。即使身軀嬌小，體內可是大人。而且還是滿級。

桑朵拉則陷入慌亂中。

「討厭！到、到底發生了什麼事啊！」

「桑朵拉，現在最好保持安靜。確認情況吧。」

一名男性坐進馬車內，同時馬車開始行駛。肯定還有一人負責駕車。

「嘿嘿嘿，小姐們，從服飾來看是貴族千金，或是富商千金吧。綁架後就可以勒索一大筆贖金啦。」

男子露出下流的表情開口。

啊～原來是這麼回事。

「欸欸，叔叔們是綁架犯嗎？」

為了避免刺激對方，我刻意採用文靜的語氣說話。

「沒錯。像小姐這樣的對象，是最好上鉤的獵物。」

「唔。只有叔叔你們而已嗎？還是大規模組織的成員呢？或者是哪裡的下級組織之類？」

「妳問的問題還真具體啊……這年頭的小孩連家家酒都進化了嗎？我們總共八人。像是勒索贖金啦，手段倒是有好幾種。」

「組織有名稱嗎？有類似只在集團中才有的暗號嗎？」

「問得還真是詳細呢……難道流行強盜團家家酒嗎？這可是祕密喔……」

我的腦海中，已經切換成要怎麼樣才能逮到他們所有人了。

不好意思，你們綁架的是非常可怕的魔女。比普通魔族還要可怕好幾十倍。

問題在於沒有告知悠芙芙媽媽的方法。就算現在跳下馬車，也不知道這些人的基地在哪裡，更不能丟下桑朵拉一人不管。

照這樣看來，鎮上肯定也有他們的同夥，監視是否有尋找孩子的貴婦吧。如此一來悠芙芙媽媽應該也會知道發生了什麼事。否則就無法勒索贖金了。

「所以說，小姐妳們的親人叫什麼名字？」

「叫做悠芙芙。」

「悠芙芙？沒聽過呢……是哪裡的商人啊……？」

反正他們肯定料不到，居然會是妖精吧。

我緊緊握住桑朵拉的手。

現在必須展現姊姊應有的態度。

「不用擔心。很快就會乾淨俐落地解決一切。相信我吧。」

「嗯……我知道了……」

好啦，先勸告他們別欺負妹妹。

「叔叔，如果你們弄哭妹妹的話，身為姊姊絕對不原諒你們喔。保護弱小可是我們家的家訓呢。這一點可要記住喔。」

我以堅強的眼神瞪著男子。

「這句話……難道是騎士還是什麼家世嗎……？若是軍人家系就有點麻煩了……」

「可能比軍人還要可怕喔。因為我們家與魔族好像也有關係。」

應該說，是我與魔族有關係。

「什麼……妳說魔族……這開玩笑的吧……沒聽過這種貴族或商人啊……」

「當然沒聽過，這種事情又不可能公開。我還曾經獲邀前往魔族城堡范澤爾德城喔。」

「這、這、這……」

男子慌了手腳。因為不知道我說的話是真是假吧。

我刻意營造成熟的氣氛開口。

「叔叔，這個世界上啊，最好別惹到某些人喔。叔叔們是偶然與這種人扯上了關係呢。不過，這也是因為作惡多端的報應吧。」

「這孩子怎麼回事……說話怎麼像大人一樣……」

男子的臉色愈來愈難看。

可能開始感到不對勁了。

「再說這些莫名其妙的事情就揍妳喔！不准說多餘的話！」

「嗯，我會閉嘴。不過你們要是敢對妹妹出手，身為姊姊我會徹底報復喔。不論你們怎麼威脅我都不會改變。」

我再一次犀利地瞪著男子。

對我而言，這起事件總會有辦法解決，應該說已經正在解決了，但桑朵拉很可憐。

還有，與悠芙芙媽媽開心的一天有可能留下汙點，也讓我很不爽。

因此，這件事情我要做個了斷。

「真是奇怪的小鬼……是家家酒還是什麼吧……」

男子從我身上別過視線，中斷話題。

不過，看得出他流下類似冷汗的汗珠。

可能察覺到哪裡詭異了吧。

我摸了摸桑朵拉的背。

「放心吧，姊姊會陪在你身邊。敢對我們家動手動腳的人，統統都會慘兮兮。」

我刻意加入男子可能會嚇得打冷顫的形容詞。

「謝謝妳……心情也逐漸放鬆了呢。」

「那就太好了。」

不久馬車在森林入口處停下。

目前他們似乎以無人使用的小屋當作基地。

「好了，妳們兩個，下車。」

「欸，目前有幾人在這裡？」

「除了留在鎮上的兩人以外所有人。」
感謝吃了誠實豆沙包的他從實招來。
「意思是說，目前這裡有六人囉？」
「嗯，妳問這些要做什麼？我們可不會放妳——」
話還沒說完，我已經一躍而起，朝男子的臉一拳揍過去。
男子被打飛好幾公尺，頓時癱在地上，似乎被我揍昏了。
「嗯，威力即使變成小孩也沒有降低呢。」
駕車的男子一臉茫然，但在他喊出來前我也賞了他一記跳踢。
「如果使用魔法，可能會傳出奇怪的謠言，還是正常地以拳腳收拾你們吧。」
「亞梓莎，原來妳是真的超強啊……」
話說回來，以前可能沒讓桑朵拉見識過我戰鬥的英姿呢。
「就算收拾這種小蝦米，也無法得知我究竟有多強。在事情落幕前待在我身邊喔。有危險的話就潛入地面。」
我直接伸手準備推開小屋的門——結果推不開。手搆不到……
就算跳起來碰到了門把，門卻上了鎖！
「哎，煩死了！」
我乾脆一拳打破木製房門。

© Benio

果然一如男子剛才所說，屋內有四名敵人。

面對牆壁被破壞，而且還是我這個小女孩闖入，四人似乎還摸不著頭緒。可能以為自己在作夢吧。

「不好意思，你們給我安分一點吧，各位罪犯。」

我跳上附近的桌子。

然後以右腳為軸心，左腳一踢！

首先將一個人踹飛至牆上。

但是，勉強只有腳尖碰到。差一點踢了個空。對喔……身材變小導致攻擊距離也變短了……

一名男子大吼「妳幹什麼！」並且手持匕首襲擊而來，因此我抓起桌上的盤子丟向他。

趁他畏縮的時候從桌上一跳，使出腳跟踢！

「怎麼樣？即使是小孩子的腳跟踢也很痛吧！」

緊接著，我直接衝向站在房間後方的男子，使出一記頭搥！

「究竟是怎麼回事？到底發生了什麼？小孩子怎麼可能這麼強……」

最後一人面對眼前的慘狀，快哭了出來。

「好～啦，該怎麼收拾你呢？呵呵呵～」

「怪、怪物……怪物……」
我緩緩接近男子。
偶爾也希望有這種可以毫無罪惡感，大鬧一番的機會呢。
「你無路可逃了，死心吧。」
「咿！之前的事情就請網開一面，付諸流水——」
然後，真的被水沖走了。
足以稱之為洪水的一團巨大水塊，撞破窗戶直擊男子！
話說回來，記得有這種電影吧。水灌進位於海底的研究所，連鯊魚都跑進來的橋段……
雖然陸地上當然不會有鯊魚，但男子直接撞向牆壁後暈了過去。
「妳們兩個，沒有受傷吧!?」
悠芙芙媽媽從破掉的窗戶進入室內。
由於一般人沒有這種本領，肯定是水滴妖精悠芙芙媽媽的力量。
「聽說妳們兩人遭到綁架，我才急急忙忙趕來的！」
「嗯，我當然不可能受傷，桑朵拉也沒事。」
「太好了，太好了～！」
悠芙芙媽媽緊緊抱住我們兩人。

我感受到強烈的愛情力量。

有沒有血緣關係果然不重要呢。

畢竟對於幾乎不受時間束縛的我們而言，並不是什麼大問題。

不過，胸部造成的壓迫卻相當難受……

悠芙芙媽媽真的是巨乳，這對小孩子而言是負擔……

在這一次綁架事件中，這肯定是最『巨』的暴力……甚至可能算是一種必殺技……快、快要缺氧了……

附帶一提，桑朵拉真的差點暈過去，我趕緊讓她維持清醒。

「話說回來，綁架組織剩下的兩人呢？」

「壞人已經由媽媽收拾掉了喔。在留住一命的程度下讓壞人溺水。」

原來是確實收拾壞人後，才來救女兒的嗎？

以順序而言應該先救女兒再攻擊吧……畢竟以立場而言我們是人質……

「抱歉讓妳們兩個遭遇了恐怖的一天喔。果然，媽媽應該隨時隨地注意安危才行……」

「這一次是特殊情況，不用放在心上啦。」

「或許是這樣。那麼，我們就回家吧。」

「不對，媽媽，還得將這些人送到官署去……」

雖然輕易解決，不過破獲八名綁架集團犯人，還算是一起大事件呢。

◇

所有綁架集團的犯人都繩之以法。這次想必不是初犯，要好好贖罪喔。

不如說，向鎮上說明身分花了一番功夫。如果說悠芙芙媽媽是妖精，有讓事情複雜化的風險。

「這個，媽媽是了不起的魔女喔。所以才會以魔法保護我們。」

由我代為編故事。應該不會有人認為純真的小孩會撒謊吧。況且魔女使用魔法，聽起來也很正常。

或許犯人會作證我特別厲害，但這也可用魔法的效果硬拗過去。

「原來如此，是將魔力儲藏在巨大的胸部內嗎？難怪會成為偉大的魔法師。」

什麼原來如此啊。

這個鎮上的人，也太注意悠芙芙媽媽的胸部了吧……

之後一直牽著悠芙芙媽媽的手，上街購物。

「媽媽，不用這麼緊緊牽著手，我也沒問題的啦。」

「不可以。因為妳們都太可愛了，不知道什麼時候會遭到綁架！」

事實上，在遭到綁架之前，誰也無法打包票說不會碰到。

不過走到一半，桑朵拉的腳步卻愈來愈沉重。

「總覺得開始累了……以根部行走十分辛苦呢……」

「那麼就只能讓媽媽背妳囉。」

於是桑朵拉在悠芙芙媽媽的背上進入了夢鄉。

逛著逛著太陽也逐漸下山了。

與背著妹妹的媽媽走在夕陽中——啊，真是美好的光景。

「謝謝妳答應我任性的要求喔，亞梓莎。」

悠芙芙媽媽感慨良多地表示。

「今天可能是這五十年左右，我最幸福的一天呢。」

「也是我最最最幸福的一天喔。」

我緊緊依偎悠芙芙媽媽走著。

「當家長雖然也很開心，但偶爾當小孩的感覺也不錯。」

改變彼此關係的話，會產生與之前不一樣的幸福呢。

「我會再帶桑朵拉來悠芙芙媽媽這裡的。」

雖然有句俗話叫做一期一會（註4），但沒有規定只能見一次面。不論去見幾次都可以。

「嗯，我會等妳的！隨時都歡迎妳來喔！」

這肯定是毫無虛假的真心話。

「然後，亞梓莎隨時都可以為媽媽而變小喔！」

悠芙芙媽媽的眼睛炯炯有神……

「啊，如果可以的話希望不要……」

孩童版的我還真是受歡迎啊……

◇

——附帶一提，雖然醞釀出親子家家酒即將在當天結束的氣氛，但是之後的五天內，我都以小女孩的模樣與悠芙芙媽媽度過。

「今天也待下來吧，好不好？好不好？」

「嗯，我知道了……再一天而已喔……」

註4　一生中僅一次的機會。

每天早上都重複一次，實在找不到機會回去。早知道就該從一開始決定要待幾天才對。

另一方面，桑朵拉則似乎完全將悠芙芙媽媽當成了媽媽——

最後一天幫悠芙芙媽媽捶肩膀。

比起我，桑朵拉該不會更認定她就是媽媽吧……

「怎麼樣？力道這樣可以嗎？」

「啊～謝謝妳喔，桑朵拉。可能因為胸部大的關係，肩膀好痠喔。」

呿。

感到不爽的同時，我豎起耳朵聽。

既然有讓人變成小女孩的蘑菇，那麼有只讓胸部變大的蘑菇也不足為奇吧？

「相比亞梓莎，妳更有媽媽的感覺，究竟是為什麼？」

桑朵拉直率地說出我聽了更火大的話。

究竟有多少比例是胸部大小的關係呢……？畢竟那還是顯示母性的部分……

「唔～桑朵拉啊，這是因為——」

好像感覺到悠芙芙媽媽的視線。

總覺得她在顧慮我的感受。

「——因為我比亞梓莎還要長壽啊。嗯，肯定只是因為這樣～」

我現在明白，溫柔有時候也會傷害他人。
下一次變小的時候，乾脆表現出反抗期吧……

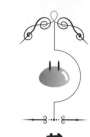

參加漁港的聯誼派對

She continued destroy slime for 300 years

某一天，我一如往常前去弗拉塔村購物。

芙拉托緹與我並肩而行。基本上，購物時總會有人跟在我身邊。雖然當地民情的娛樂不多，但只要來到村子，總有某些刺激的事物。

我向公會的娜塔莉小姐將史萊姆的魔法石換錢。

「來，這是這一次的份。」

然後將魔法石交給娜塔莉小姐。

如果只是要賺錢的話，賣我研發的豆沙包『食用史萊姆』比較好賺，但這算是我持續了三百年的每日活動，總不能說放棄就放棄。

「好的，一直以來真是感謝您。一顆、兩顆、三顆……」

一邊數著，娜塔莉小姐不知為何盯著我瞧。

「這個……請問怎麼了嗎，娜塔莉小姐～？」

「高原魔女大人以及芙拉托緹小姐，兩位都好漂亮呢。」

突然被她誇獎。即使事出突然，感覺也不壞。芙拉托緹也露出還算湊合的表情。

「那是當然的！從以前啊，就有許多龍族男性說我芙拉托緹『不開口就很可愛』呢！」

我想這句話的意思是，一開口就讓人夢想破滅吧……不過還是別開口好了……畢竟她本人似乎認為這句話是誇獎。

比起這些，為何娜塔莉小姐會這麼說呢。

總不會毫無理由誇人漂亮吧。畢竟我們經常見面。

娜塔莉小姐在各方面都十分能幹。

由於村子裡的公會人數不多，因此部署的都是萬事通般的優秀人才。

「該不會又有什麼麻煩事了吧？比方說接到奇怪的委託之類……」

既然娜塔莉小姐沒有否認，代表八九不離十。

「其實呢……與委託不太一樣，而是這種消息。」

然後娜塔莉將一張傳單遞給我們。

上頭寫著這樣的內容。

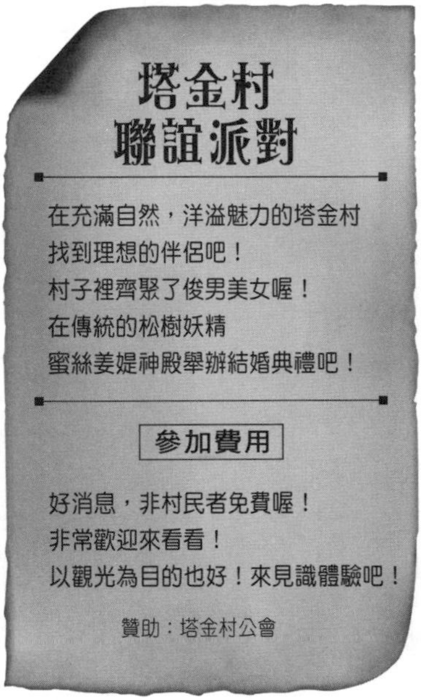
塔金村
聯誼派對

在充滿自然，洋溢魅力的塔金村
找到理想的伴侶吧！
村子裡齊聚了俊男美女喔！
在傳統的松樹妖精
蜜絲姜媞神殿舉辦結婚典禮吧！

參加費用

好消息，非村民者免費喔！
非常歡迎來看看！
以觀光為目的也好！來見識體驗吧！

贊助：塔金村公會

總覺得這張傳單的資訊量真龐大啊……

話雖如此，概念卻一目了然。

就是要舉辦聯誼派對，年輕人趕快來的意思。

應該說，原來這個世界也會舉辦聯誼派對喔……

「多虧高原魔女大人的幫忙，弗拉塔村的人口增加了。實在非常感謝。只不過依照地區不同，也有些村子為了人口減少而煩惱呢～」

娜塔莉小姐語帶嘆氣地說明。

也對，在人口與幼童都成長的地方，城鎮與村落舉辦聯誼派對根本沒有意義。

另外多虧我的幫忙讓人口增加，是指我調配藥品等努力，長期降低了村子的幼兒夭折率。不論哪個世界都一樣，在醫學發達之前，小孩子經常早夭。

「這個叫塔金村的地方是一座小漁港，但是捕魚得早起，十分辛苦，導致離開村子的年輕人增加，人口才會減少。」

好鮮明的原因……畢竟漁夫都非常早就出海捕魚呢……

「由於人口減少一發不可收拾，才會主辦這種活動。尤其我們弗拉塔村的人口長時間一點一點增加，才會透過公會詢問如果有條件好的男性女性，務必要找來參加……」

公會屬於廣域網路，因此在這方面會扮演類似公所的角色。這一次似乎也不例外。

「意思是，叫我們也去參加聯誼嗎？」

「嗯，這個，呃……就是這個意思……」

娜塔莉小姐生硬地微笑。

「就是說，高原魔女大人，可能偶爾也會追求這種邂逅吧～當然，輕鬆地以觀光心情去看看也可以……」

只不過，娜塔莉小姐的表情很僵硬，因此我稍微測試她。

「嗯。如果我真的就此結婚，不再回弗拉塔村的話，可能會對村子造成一點打擊喔，這樣好嗎？」

怎麼說我都一直對村子付出貢獻。雖然不打算賣村子人情，但這是為了確認娜塔莉小姐說的究竟是不是真心話。

她頓時臉色發青。

「不好意思，不好意思！讓高原魔女大人離開村子，可是弗拉塔村無法坐視的沉重打擊！請您永遠住在高原之家吧！」

「呼，聽到妳的真心話，心中的疙瘩終於消除了。」

「不好意思……即使是形式也好，如果不送些年輕人去參加，公會高層可能也會有微詞……問題是，塔金村可是與高原的弗拉塔村完全不一樣的漁村耶。而且距離此地也很遠，村民根本不可能會去……」

原來如此。意思是需要盡可能撐起場面嗎？這種要求最麻煩了呢。以前我在當社畜的時候，被迫扛起不可能達成的業績時也差一點發飆。

「這位芙拉托緹小姐，怎麼樣呢？對結婚之類有興趣嗎？」

娜塔莉小姐主動詢問。

至於芙拉托緹，則露出有點興趣的表情。

至少沒有完全否定的感覺。

「這、這個呢……畢竟沒什麼龍族男性了解我芙拉托緹的魅力呢……」

由於外表年輕很難察覺，其實芙拉托緹已經大約四百歲，從遇見我們之前就一直在尋找（龍族的）結婚對象。

我頭一次遇見芙拉托緹，也是她跑來妨礙萊卡姊姊的結婚典禮那時候。她似乎對比自己年輕的萊卡姊姊要結婚感到很不爽。

換句話說，芙拉托緹原本是想結婚的。

後來住進高原之家，本人應該也忘記結婚這檔事，不過，總是會回想起來。

「雖然很難想像會對人類男性產生興趣，但只是看看或許也不錯。只是看看的話……真的只要看看就好……」

看來好像要演變成得去參加耶……

若要問我真心話，芙拉托緹去參加人類漁村的聯誼派對，肯定也不會順利。

這已經不是龍族與人類的種族隔閡之類層次的問題了。

藍龍可是個性極為隨便的種族。心情好的時候才工作，懶散的時候就徹底怠惰，心智層面就像個小混混一樣。

如果不是特殊情況，肯定很難適應村子的生活。

況且，理論上——

我將手置於芙拉托緹的角上。

「芙拉托緹，我個人也希望以妳的心情為優先，但是基於族規，妳不能離開我身邊吧……？必須待在碰到角的對象身邊對不對？」

「唔……是沒錯……我不能離開主人身邊……我並沒有忘記這一點……只不過，剛好想起自己當年找對象的時候……」

芙拉托緹露出歉疚的表情。看她的模樣，應該不是想結婚，但是見到傳單後想起來了吧。

藍龍有一條族規，就是必須待在碰觸自己角的對象身邊才行。

因此，以前的冒險家才會前仆後繼試圖馴服藍龍。因為可以成為優秀的龍騎士。

不過這畢竟是生性隨便的藍龍族族規，因此只要住在同一屋簷下，派她去買東西之類似乎完全沒問題。但芙拉托緹在其他地方成家並定居的話，再怎麼說都會牴觸族規吧。

我並不打算束縛她，但如果芙拉托緹無法接受的話，其實是一樣的。

「不好意思，我芙拉托緹不能參加這場派——」

「只是去觀光也可以，能不能讓她去呢!?」

娜塔莉小姐硬生生打斷我的話。

「真的只要露臉就可以了！有各位這麼漂亮的女性參加，男性參加者的氣氛也會更熱絡，從下一次開始，男性參加者或許會增加呢！」

這根本就是去湊人數吧……

「況且塔金村太遠了，只有普通移動方式的弗拉塔村村民根本不會想去！可是高原魔女大人可以騎龍移動，才覺得這樣的距離對您而言並非無法參加……」

原來如此……以地理環境而言，從弗拉塔村前往實在有難度……應該說，公會從一開始就別找娜塔莉小姐嘛……

「這個……真的要以觀光順便經過的名義參加聯誼派對，這樣也無妨嗎？我可不打算結婚喔。況且與女兒生活絲毫沒有不自由的感覺。」

更何況這座塔金村的目的，是希望有女性願意嫁過來吧。就算我有一億分之一的機率結婚，也絲毫不打算搬離高原之家。這個當下就無法滿足對方的要求了。

「是的，這樣也沒關係！因為從資料上看不出來究竟想不想結婚！參加過的事實比較重要！所以這樣就夠了！」

娜塔莉小姐，妳吐露太多心聲了喔……

「啊，我想到好主意了！」

此時芙拉托緹一喊。真的是好主意嗎？

「喂，娜塔莉，妳還沒結婚吧？」

「是、是的……由於公會職員太了解村裡的大小事，該說是受到警戒嗎，實在沒什麼交往的機會呢……」

「那妳去參加派對吧。我芙拉托緹載妳去。」

「咦、咦、咦、咦咦咦咦咦！」

雖然娜塔莉小姐的驚呼聲響徹公會內，不過老實說，我覺得這個點子不錯。

總比只有完全不想結婚的人參加好一點吧。

◇

過幾天，我們乘坐化為龍型態的芙拉托緹，以塔金村為目標。

另外，我們包括了我、芙拉托緹、哈爾卡拉，以及娜塔莉小姐四人。

以陪同娜塔莉小姐參加聯誼派對為名義的話，我也會減輕一些湊人數的罪惡感，正好。

附帶一提，哈爾卡拉也是因為機會難得，才找她來湊數。

純論外表的話，哈爾卡拉的美貌無懈可擊，能讓男性認為這場聯誼派對的水準很高。

另外，由於海邊生長這附近沒有的蘑菇，哈爾卡拉自己也想去。因為她的個性充滿好奇心，這方面倒是剛剛好。

「提到塔金村，是一座面朝海灣的漁港呢。波浪也十分平穩，但要說偏僻是真的偏僻～」

邊看地圖的哈爾卡拉邊說。不愧是工廠經營者，對地理環境也十分詳細。

「話說能捕到什麼樣的魚呢？」

「主要是長形的魚。」

這是什麼獨特的回答……

「精靈幾乎不吃海鮮，才會對魚類漠不關心……雖然對海風吹拂下依然能生長的蘑菇種類倒是感興趣……」

「嗯，哈爾卡拉的確會在乎這方面的事呢……」

另一方面，娜塔莉小姐不停嘀咕「哪裡有帥哥，哪裡有帥哥……」

看來她似乎相當起勁。

在弗拉塔村這種小村子裡，的確很難有新的邂逅機會，走出村外參加聯誼或許是正確的。

「有什麼觀光名勝嗎～啊～果然還是蜜絲姜媞神殿呢。該處在王國也相當有名呢～」

「哈爾卡拉，那座村子有一座大型神殿嗎？」

「沒錯，是以松樹妖精為主神供奉的大神殿。畢竟松樹在海邊也能生長。據說其中特別大的松樹後來成為妖精蜜絲姜媞呢。」

這種情況下的妖精應該等於神明吧。在海邊有松樹不足為奇，這種信仰的確有可能。

「附帶一提，這位松樹妖精從很久以前就扮演月老的角色，似乎在各地都受到信仰。聽說是因為有棵根部有兩根的松樹從中途合而為一，才相傳對結婚十分靈驗之類。」

「村子明明祭祀這種妖精，卻淪落到不得不舉辦聯誼派對，還真是諷刺呢……」

◇

然後，我們抵達了塔金村——

結果村子比想像中還要蕭條。

沒看到人影。貓甚至比人還要多。

雖然松樹沿著海岸線生長，但路上沒有半個行人，看起來十分荒涼……

這時候颳起一陣強風。

「嗚哇！沙子跑進眼睛裡了！難道意思是精靈別來海邊嗎！」

「我覺得那只是哈爾卡拉比較倒楣而已。」
總之，就算只有娜塔莉小姐，也得先帶她向聯誼派對的受理人報名，但應該是這附近吧。究竟是哪裡呢……
在松樹林的一角發現了類似會場的桌子。
還掛著「塔金村青年會」的橫布條，多半就是那裡。
受理人的位置坐了一位六十歲左右，介於大叔與老爺爺之間的人。
可能依然是現役漁夫，男性的容貌十分精悍。
娜塔莉小姐前往受理人處。
「不好意思，我們是來參加聯誼派對的！」
「哦哦！來得正好啊～幫了大忙呢～！目前群星會在後面松樹林的那張桌子舉辦，所以快進來咧～參加的可都是充滿熱情的年輕人哪～！」
夾雜方言的受理人表示。他看起來十分開心。來湊人數的我感到有些過意不去……雖然也可以堅稱自己是陪同的……
只不過，有一點我很在意。
群星會是什麼意思啊……？好老氣的表現方式……
娜塔莉小姐在四周左顧右盼一番後，詢問「請問，群星會在哪裡呢」。
附近的確沒有類似的聚會。

在一處映入眼簾的桌子，倒是有幾名完全就是老頭的人們在下棋，或是喝酒。

我有不好的預感。

「在那張桌子的就是『塔金村青年會』的成員哪～大家都是黃金單身漢，多多指教咧～！」

「呃，我只看到老年人喔……？」

娜塔莉小姐的眼神絲毫沒有笑意。

「不不不，那可是不折不扣的『塔金村青年會』哪。平均年齡為六十七歲吧？」

青年的範圍也寬得太離譜了吧！

從桌子那邊——

「兄臺，你不喝酒了嗎？」「沒啦～醫生不准我喝了～」「兄臺啊，你一身都是毛病哪～」「哈哈哈～你不是前幾天腰也在痛嗎～」「準確地說是腰和脖子啦～」「用年金要去哪裡呢？」

——傳來這些交談聲。

這種對話怎麼好像會在醫院的等候室聽到……

「哎呀～由於人口過於稀少哪～如果不從村外召集年輕人，連神殿的祭祀都辦不成啦，所以才打算舉辦這一次的聯誼趴踢哪。青年會的平均年齡都超過了六十歲，果然也愈來愈辛苦了喲～像妳這樣的美女能前來，真是太好了咧。」

受理人雖然笑了笑，娜塔莉小姐卻露出冰冷的眼神。

「請問，難道沒有二十幾歲，或是至少三十幾歲的人嗎？」

「老夫最年輕哪。所以才逼我當受理人哪。」

再扯也該有個限度吧……

天啊，鄉下常見的問題……青年會裡沒有青年……

娜塔莉小姐轉身面向我們。

臉上依然掛著笑容，反而覺得好可怕。

「我啊，決定在弗拉塔村周邊尋找好對象！很抱歉這一次給各位添了麻煩！在此地的住宿費或餐費等費用全部由我包辦！」

「啊，不用了啦……反正我們也不缺錢……話說乾脆去觀光算了……看，大海很漂亮不是嗎……嗯，去觀光吧，去觀光……」

塔金村，你們有危機感是很了不起，但是抱持危機感長達四十年就太慢了吧……如果不趁早擬定計畫增加移居者，真的會廢村喔……

之後，我們在海邊散步。

海岸的景色本身不壞。發現行走的寄居蟹，芙拉托緹開心地大喊「好帥喔！」以曾經尋找結婚對象的人來說，嬉鬧的模樣就像個孩子。

話雖如此，沙灘只要沿海就隨處可見，要當成觀光資源嫌太弱了。走陸路的話，交通似乎也不方便，大家都搬到更便利的地方去了吧。沒有人的聲音，只有海浪聲而已。

「總覺得走著走著，就感到好難過呢。」

哈爾卡拉嘴裡嘀咕，我也點頭同意。

「雖然人多的地方十分吵雜很討厭，可是太過空無一人也不太好呢……」

芙拉托緹跑向海浪，倒是十分享受。

真佩服她這麼快就能適應。

「嗚呀～！被水母螫了啦！」

「噢，海裡也有許多危險生物，得小心一點……」

「師傅大人，我的腳被特大號螃蟹夾住了。還有，埋在沙子裡那些特別銳利的貝殼刺傷了我的腳。」

「哈爾卡拉走路的時候更要多留神喔！」

拜託妳們不要逐一體會沙灘的危險……

之後，我們也走在塔金村的市區，但其實根本不足以稱為市區。似乎大多數都是空房，路上幾乎沒有行人。

「想不到情況這麼嚴重……為什麼事到如今才想要舉辦聯誼啊……」

「高原魔女大人，有問題意識的人肯定早就跑光了……只有遲鈍的人才會留下來……其他地方也有這種村子……雖然我還是頭一次見到這麼嚴重的……」

娜塔莉小姐始終一臉疲憊。

情況實在有點出乎意料。

◇

當天我們在村子裡唯一的旅館，『大漁屋』下榻。

雖然除了我以外也有其他年輕女性顧客，但所有人都一臉絕望。

「真是大失所望……」「明明有一座對結婚十分靈驗的神殿，卻是這種慘況……」

「希望他們退還旅費……」

眾人似乎都很難受……雖然對塔金村很殘酷，但應該沒機會挽回了吧……

餐廳端出的海鮮倒是十分美味。好久沒有吃到的烤魚也產生一股懷念的感覺。

可是，只有這樣的話……

「高原魔女大人，明天該怎麼辦？要一大早回去嗎？我們回去吧。」

娜塔莉小姐的聲音就像守夜一樣。

「難、難得來一趟，不去松樹妖精的神殿看看嗎……？看，神殿本身對結婚似乎十分靈驗，拜一下應該不會少塊肉……」

「那就這麼辦吧。雖然見到當地如此寂寥，應該就猜到靈驗是怎麼回事了……」

天哪，娜塔莉小姐已經完全絕望了……

「娜塔莉小姐，既然難得旅行，就當作女生聚會的氣氛享受一下嘛？好嗎？好嗎？」

「那要不要點酒，在房間裡喝呢？」

哦，這個提議出乎意料地有建設性。

「嗯，這樣或許也不錯呢！」

只不過，之後的女生聚會——

「有好幾名年輕冒險家會來到公會耶……難道一百人裡，就不能有一個人對我一見鍾情嗎……嗝……」

卻變成酩酊大醉的娜塔莉小姐拚命發牢騷……

我看著娜塔莉小姐，忽然想起上輩子的事情。

雖然我沒想過遊戲世界中，武器店或道具店店長的人生——但這些人都有各式各樣有哭有笑的背景故事吧……

像是便宜弄到這把武器很開心啦，為了勇者硬是買齊所有道具啦，肯定會有的吧……

希望在公會努力工作的娜塔莉小姐能贏來春天！

遇見了松樹妖精

隔天，我們前往據說供奉著松樹妖精蜜絲姜媞的神殿。

通往神殿的參拜道路在塔金村中，算是比較不寂寥的。

因為相較之下，開張的店鋪多一些。

話雖如此，大約有半數店家似乎沒有營業。

「看來是販售伴手禮的店鋪。代表以前還算有參拜信眾吧。」

哈爾卡拉很有生意頭腦，對這方面十分敏感。

「話說回來，很難想像妖精信仰會突然失去人氣，可是為什麼會變蕭條呢？」

與主題樂園不一樣，寺廟或神社之類的宗教設施成為觀光地之處，印象中都持續很久。

「其實，很久以前有馬路經過這條塔金村。可是大約七十年前，卻開闢了一條沒有經過塔金村的新馬路，導致參拜信眾遽減。人口稀疏也是從那時候變本加厲吧。」

「原來如此……這是嚴重打擊吧……」

She continued destroy slime for 300 years

如果有馬路經過，在此地過一夜，順便到附近觀光名勝參觀的遊客也會增加。可是位於馬路外側的話，就只有抱持前往該村這種強烈目標的人才會去。

「全都是過氣的伴手禮呢。這年頭哪有人會買木劍啊。」

芙拉托緹嘲笑其中一間營業的店鋪。一柄木劍混雜在奇怪民俗藝品之中，感覺就像日本伴手禮店偶爾會出現的木刀吧。

另一方面，娜塔莉小姐始終不發一語。

臉色也很陰沉。意思是絲毫沒有任何期待嗎？

「這個，娜塔莉小姐，或許妳沒辦法面露笑容，可是繼續這樣下去，幸福不是會進一步逃跑嗎……帶著享受的心情是不是會比較好呢……」

「對不起……由於事前曾經帶有絲毫可能有美好邂逅之類的想法，導致無法從打擊中復原……」

「慘到這種程度，的確會這樣呢……」

要求她打起精神也沒辦法嗎？

「啊，可以看見蜜絲姜媞神殿了喔……頂多去祈禱一下，希望自己能結婚吧。或許成功機率有百萬分之一也說不定……」

根本完全不相信呢。既然淪落到必須舉辦聯誼派對的狀態，身為對結婚靈驗的妖精，可信度也大幅下降了吧。

雖然這麼說很失禮，但神殿本身豪華得與村子完全不相襯。

完全就是雪白的宮殿。

每一根柱子都施加了宛如松樹的雕刻。

另外連裝了水，可以清洗手的容器，以及宛如吊燈的照明器具，全部都是鍍金的。

「哦～大概賺了不少錢吧，還真是氣派耶。好像珍珠龍的家喔。」

芙拉托緹表示感想。珍珠龍這種種族有這麼暴發戶嗎？

不過，龍族有收集金銀財寶的癖好，紅龍族萊卡也相當有錢。或許芙拉托緹她們藍龍族才是例外也說不定。

神殿後方供奉著松樹妖精蜜絲姜媞的塑像。

這尊女性塑像以對良緣靈驗的妖精而言，表情倒是十分嚴肅。

可是，沒看到專心向塑像祈禱的人，神殿內空蕩蕩。

「原本以為這種地方會充滿『祈禱良緣，祈禱良緣！』『年收入八百萬戈爾德以上的人，快來吧！』『希望下一次聯誼派對能有好結果！』『希望與前任女友破鏡重圓，直接奔回本壘！』之類的參拜信眾呢。」

「缺乏地利的妖精也難為無米之炊呢。」

哈爾卡拉幾乎不帶感情地表示。

「難道一點效果都沒有嗎……怪不得會門可羅雀呢……呵呵呵……」

雖然娜塔莉小姐好不容易笑出來，卻是苦笑。各種放棄的人才會這樣笑……

「打起精神來，娜塔莉小姐。」

「待在這座村子裡，反而有種元氣被吸走的感覺，還是趕快回去吧。抱歉向您提及了多餘的聯誼派對……身為公會職員向您道歉……」

「別這樣嘛……看，神殿後方似乎還有松樹庭園，到那裡觀摩看看吧。」

總之採取讓娜塔莉小姐前往別處，轉移焦點的戰術。如果讓她一直停留在原地，灰暗的心情有可能不斷增加。

「松樹嗎～生長在松樹下的蘑菇是不是不能採集啊？」

比起松樹，哈爾卡拉似乎對蘑菇更有興趣，但一般而言不行吧。是屬於神殿的。

「松樹嗎～印象中只有藍龍之間互相投擲松果的對決呢。」

藍龍整個種族都應該再稍微穩重一點比較好。

不過我還是帶大家來到松樹庭園。

這裡的確種植了各式各樣的松樹——可是好樸素。

畢竟沒有各色花卉爭妍綻放呢。倒是有特別高聳啦，或是樹枝反而貼近地面生長的各種松樹，問題是色調幾乎都一樣。

「真是無聊。證據就是根本沒有半個路人。」

芙拉托緹這番話至少後半句是客觀事實。參拜信眾似乎也不會來到這裡。

「總覺得每一棵松樹都沒有活力呢，難道壽命將盡嗎？」

哈爾卡拉提出充滿精靈角度的觀點。

「照這樣看來，三十年後就會大幅枯萎了。明明收集了許多松樹，真的好可惜。」

「或許松樹也知道村子一直衰退，因而情緒低落呢。」

幸好弗拉塔村沒有變成這樣。實在不忍卒睹不斷走向毀滅的村子。

「對捏……情緒粉低落捏……」

——這時候，從某處傳來聲音。

在一棵特別大的松樹正前方，有一名無精打采的女性。

從服裝給人一種似曾相識的感覺。

啊，是妖精。

參加世界妖精會議的時候，很多妖精穿這種寬鬆的服裝！

「咦，妳看得到我喔。話說回來，都沒有人來這裡，所以忘記消除自己的氣息了捏……」

這位看起來十分消沉的女性該不會——

「妳就是名叫蜜絲姜媞的松樹妖精嗎？」

妖精在這個世界是實際存在的。

所以有叫做蜜絲姜媞的妖精也不足為奇。

「啊，妳很清楚捏……不過，與其說是松樹妖精，其實結婚見證人才是我的本行啦……最近在結婚典禮上，連願意舉辦我的儀式的情侶都不多，實在粉沒幹勁捏……」

似乎果然是蜜絲姜媞本人。話說回來，她的說話方式真不像妖精啊……整體而言好隨便……與塑像的氣氛差異好大。

「沒想到真的有松樹妖精呢。既然供奉在這裡，所以算是妳的家嗎？」

畢竟不少漫畫之類，會描繪神明居住在神社中。不過，像是八幡神社或稻荷神社這種全日本都有分店（？）的情況，究竟該怎麼算呢。這座蜜絲姜媞神殿算是總店，亦即總本山，因此她會在這裡很正常。

「咦，師傅大人，那裡有誰嗎？」

哈爾卡拉似乎看不見蜜絲姜媞。

「那只是單純的松樹吧……？難道滿級的高原魔女大人能看見某些特別的事物嗎……？」

娜塔莉小姐也有類似的反應。這麼一來，難道會演變成只有我看得見嗎？

「怎麼好像隱約看見一個心煩意亂的女人啊。難道，這是海市蜃樓!?太好啦，終於體驗過海市蜃樓啦！」

芙拉托緹似乎勉強看得見!?

「哎呀呀……真是怪了……我平常應該隱藏自己，不讓等級低的人看見才對耶……來了這麼多高等級的人，究竟是怎麼回事捏……？」

對喔，因為龍族很強啊……肯定非等閒冒險家可比擬……所以可以感應到已經消除身影的精靈嗎……

「喂，海市蜃樓女，妳究竟是什麼人？海市蜃樓也會回答喔？欸，說話啊。」

「拜託！別一直亂摸我好不好！我好歹也是有點來歷的妖精捏！希望妳抱持敬畏的心態，或是感謝的心態好不好！」

兩人吵得不可開交，看不見妖精的兩人也一臉混亂。

隱約可以察覺有事情發生，但就是不知道發生了什麼事，所以表情不安。

「這個……蜜絲姜媞……這樣稱呼妳可以嗎？眼看事情快變得棘手了，能不能請妳特地讓所有人都看得見妳呢……？」

「知、知道了捏！所以，拜託阻止這個腦袋看起來不靈光的龍女捏！」

「我的腦袋才沒有不靈光！只不過以前沒上過學而已！」

蜜絲姜媞好像被芙拉托緹騎在脖子上。手忙腳亂中，芙拉托緹出手一點都不留情。

◇

進入神殿內的相關人士房間，我們決定聽聽她的說法。

雖然也懷疑這樣算不算非法侵入，但是相當於祭祀的主神帶領我們，應該ＯＫ吧。

「嗯哼……再一次自我介紹，我是松樹妖精蜜絲姜媞捏……」

「妳是不是也參加過世界妖精會議？如果來過的話就是擦身而過呢。」

「人類怎麼連世界妖精會議都知道啊……我已經搞不懂了捏！」

這方面的事情我也說明一遍後，跟著自我介紹一番。

還有，順便解釋我們來到塔金村的原因。

「噢，我聽過高原魔女捏。風妖精有傳聞過。」

風妖精似乎已經在妖精的世界傳開了我的資訊，但是也無從阻止，沒辦法。

「我們心想，參加聯誼派對似乎也無濟於事，才打算觀摩這座神殿後回去。然後就遇見了妳。」

「天啊……塔金村已經完蛋了捏……每一年，村民的平均年齡都在增加一歲捏……」

這不就代表完全沒有新的村民嗎……

「這座村子以前還算富裕捏……因此即使衰退，很多人還是靠家裡的存款湊合度日……結果導致少子高齡化對策陷入過度被動，已經無計可施了捏……村民在不該忍耐的地方忍耐才會變成這樣……」

非常在地的問題……

如果居民連明天的生活都有問題，大家就會覺得不能這樣下去，拚命想辦法改善。

可是衰退緩慢進行的話，居民就會稍微忍耐一下，或是稍微努力一下，以此熬過現狀。

比方說年收入七百萬的人，翌年就算少了十萬，這個人就會覺得雖然少了一些，但這種程度明年還熬得過去。

可是，年收入七百萬的人翌年變成兩百萬的話，就會認真尋找對策。

由於塔金村是緩慢衰退，導致村民習以為常。

「也因此導致蜜絲姜媞神殿的信用度一落千丈……從以前我就不是單純的松樹精靈，而是以結婚典禮見證人的妖精受到篤信捏……結果總本家淪落成這個模樣……」

蜜絲姜媞深深嘆了一口氣。

身為當事人肯定很心痛吧。

「這個，可以請教一個問題嗎……？」

娜塔莉小姐戰戰兢兢舉起手來。

「妖精大人，您是否具備迅速找到結婚對象，然後……上演命運的邂逅之類的能力呢……？」

啊，娜塔莉小姐想請她幫忙找結婚對象呢。

「不，我沒有那種力量捏。我終究只扮演見證人的角色。」

「噢，那就免了。」

結果娜塔莉小姐的表情迅速冷淡。

如果讀取她的心聲，多半寫著「那麼，妳就沒有用了」這些話吧。

「高原魔女大人，我們回去吧。還有，我要正式靠自己尋找結婚對象。」

的確，這樣就沒有久待的原因了。

「也對，那就朝弗拉塔村出發吧。」

正準備站起身的我，手被緊緊抓住。

被松樹妖精蜜絲姜媞抓住。

「這個，高原魔女小姐，請助我一臂之力……」

她視線朝上地懇求我。看來會發展成相當麻煩的事情……

「看得出來，妳們都達到適婚年齡。希望妳們和誰結婚都可以，在典禮上向松樹妖精祈禱兩人的愛情能長長久久捏！然後拜託向神殿捐獻！」

「還真是厚臉皮呢……」

「蜜絲姜媞神殿在全國各地都面臨經營危機捏！長久以來靠舉辦結婚典禮，收取捐獻的體系經營……可是後來收入劇減……」

也對啦，本店都淪落至此了呢……

「雖然值得同情，但只能同情而已。我可不準備結婚。」

「我與師傅大人一樣，在工作還快樂的期間提不起結婚的想法呢～」

「我和主人一樣。已經不如以前想結婚了。」

哈爾卡拉與芙拉托緹接著我之後表示。

「我雖然想結婚，卻沒有對象……怎麼沒有超美型冒險家來到公會，突然開口向我求婚呢……」

娜塔莉小姐，天底下沒有這麼好的事啦。

還有，如果真的有這種人的話，最好懷疑對方是搞結婚詐騙的……

「——就是這樣，我們幫不上忙，所以要回去了。」

結果我的手被蜜絲姜媞更用力抓緊。

「至少也聽我說嘛！會幫妳們準備各式各樣結婚典禮的後援捏！」

「呃，就算有各式各樣的後援，沒有結婚對象就毫無意義了吧。」

因為根本結不了婚啊。

根本達不到選擇盛大儀式或是簡樸婚禮的階段。

「同性雙方的結婚典禮也沒關係捏！」

由於這句發言出乎意料，我的思考頓時停止了一會。

「這個國家承認同性婚姻嗎……？拜託，怎麼可能承認呢？再怎麼說，這種二十一世紀的價值觀也尚未滲透吧。」

尤其這個世界的貴族之間，經常為了繼承領地等問題爭吵不休，照理說不可能輕易允許同性婚姻之類。

「是即使在法律上無效，也為了想辦典禮的兩人而舉行的祝賀捏！我們蜜絲姜媞神殿啊，從三十年前開始就已經為了擴大客群而進行了捏！還是我親自啟示人類的喔！」

「對於生意十分熱心的這一點，我給予優秀評價。」

身兼社長的哈爾卡拉表示。

雖然多半是為了擴大客群而為，但如果能在相愛的同性伴侶之間留下回憶，其實也不壞呢。

「啊，師傅大人，要不要嘗試一次和我舉行結婚典禮呢，開玩笑的。」

「還是立刻回去吧。」

「師傅大人，這種態度很傷人耶……」

「即使對哈爾卡拉過意不去，但這種事情如果是基於開玩笑，不知不覺中會演變成一發不可收拾的局面，所以要確實畫下界線。」

事實上，高原之家是一棟巨大的共享住宅，

而我上輩子，在日本住過的共享住宅，經常淪為地獄。

居民有極高的頻率彼此惹出麻煩。

寬以待己的人與嚴以律己的人共處，就會發生摩擦。

還有，將室友當成家人，以及終究視為外人的兩類人共享也會吵起來。

連在我的朋友圈內都發生過「為什麼你都不理我？」「連家人都不算，幹麼理你啊。神經病喔？」之類的爭吵……

更別說如果扯上戀愛的話，問題會更加棘手。

所以即使是胡鬧或開玩笑，都不應該與同居人舉行結婚典禮。

我絕對不會讓高原之家淪為那種負面情感肆虐的共享住宅！

「如果哈爾卡拉要舉辦典禮，芙拉托緹也要照辦。畢竟會有吃虧的感覺。噢，不過這麼一來，萊卡多半也會要求與主人舉辦結婚典禮吧……」

就是這樣。一旦開了先河，就會煞不住車。

即使絲毫沒有戀愛情感，看起來也像凸顯與這個人特別親密的舉動。會造成有人對此感到不悅，或是燃起對抗心態。

所以，不應該輕率舉辦結婚典禮。

「唔唔唔……真是難纏捏……其實還可以幾個朋友一起舉辦聯合婚禮捏……」

「……確定結婚典禮的概念沒有瓦解嗎？」

「對於松樹妖精而言，只要祈禱愛情或友情長長久久即可。因此甚至不用局限於兩人。冒險家隊伍所有人啦，或是所有公司同事舉辦典禮都可以。只要有人捐獻蜜絲姜媞神殿就好捏。」

這個世界的居民，大家都不諱言自己想要錢呢。

話雖如此，對於各地都有神殿，已經神格化的妖精而言，也不能不考慮經營的問題嗎？

「啊，一人結婚典禮方案也可以喔。是自己發誓永遠愛自己的儀式捏。」

「妳這樣已經自暴自棄了吧!?反正妳是松樹妖精，乾脆回歸初心，經營祈禱松樹會好好成長的神殿如何？」

「那麼樸素的生意早就做不下去了啦……生意規模與結婚典禮差太多了捏……」

要說時代變遷的話的確就是這麼劇烈，不過她也很辛苦呢。

「真的不行嗎……？這可以當成一輩子的紀念捏……？」

「不如說，就是因為這樣才不行。我們家可是相當大的家族，其中若有兩人舉辦典禮，會與其他同居人之間形成隔閡。這種行徑只會擾亂安寧。」

說得這麼嚴重的話，她總該知難而退了吧。

有些事情我可以幫，但有些事情我無能為力。

「比方說，也有姊妹基於今後兩人也要攜手共度的意義，舉辦典禮的例子喔。難道沒有這樣的兄弟或姊妹嗎？」

嗯？

姊妹確認姊妹之情的典禮。

換句話說，法露法與夏露夏穿結婚禮服舉辦典禮。

我身為母親在一旁目睹。

姊妹以姊妹的身分相愛絲毫沒有問題，也沒有後遺症。

這不是很好嗎？

「蜜絲姜媞，關於姊妹結婚典禮方案，能不能詳細告訴我？」

我說這句話的時候表情應該非常認真。看在別人眼中，說不定就像想從魔女轉職成為賢者呢。

「真、真的嗎!?我馬上拿連細節都能立刻解決的手冊來捏！」

然後蜜絲姜媞離開房間，真的立刻準備好專用資料回來。

「總覺得好像為了業務而奔走的職員，明明是偉大的妖精，看起來好可憐……」

哈爾卡拉露出複雜的表情。

在精靈當中，松樹妖精也受到一定程度的信仰吧。

「參加人數包括家人與親戚，總計十五人左右的話，這個方案應該不錯捏。在想舉辦典禮的蜜絲姜媞神殿，沐浴在安詳又神聖的氣氛中，祈禱姊妹能永遠在一起喔。」

「嗯嗯。可以。這個價格也付得起。」

芙拉托緹在後方表示「是不是該等法露法妹妹與夏露夏妹妹在場，再討論比較好呢？」雖然很正確，但我卻刻意充耳不聞。因為真要說的話，有興趣的人是我。

「然後呢，任職於蜜絲姜媞神殿的神職人員會在場見證，不過妳們家人能看得見我，因此由我直接見證吧。」

「啊，可以嗎？真慷慨！」

「這點小事沒關係啦。高原魔女的家人在蜜絲姜媞神殿舉辦典禮，能傳開的話是不錯的宣傳捏。畢竟對我而言，也得讓神殿相關人員多賺一點才行啊。」

受到信仰的妖精果然也很辛苦呢。

在這方面，像是悠芙芙媽媽，倒是活得十分輕鬆呢。

「最後呢，關於誓約之吻，如果雙方不方便親嘴的話，可以彈性變更為互相親吻臉頰，或是擁抱彼此代替都可以。畢竟重要的是心情捏。」

「也對。親嘴不是我能決定的事情，所以會向女兒確認。」

總之，頂多就親親臉頰吧。這種程度的話，應該也不會抗拒吧。終究是姊妹兩人，舉辦今後也會相親相愛的儀式，要是瀰漫奇妙的氣氛，做媽媽的也很傷腦筋。

「對了，地點可以選擇這裡嗎？」

我指了指天花板。

既然要辦，希望能在塔金村當地。

如果能為宣傳貢獻心力，那就更好了。

「可以啊。雖然本來是重要的設施，無法輕易外借，但畢竟一個人都沒有捏……反而是有人的日子比較罕見……」

「那麼我帶回家去，進一步討論囉。我個人也希望能有好結果。」

「知道捏。決定的話希望能呼喚我捏。」

說著，蜜絲姜媞交給我一顆松果。

「希望妳帶著這個，詠唱召喚的咒詞。咒詞我現在告訴妳，抄下來吧。」

「知道了。我現在拿紙筆出來。」

「要念囉。瓦嘎侯拉希羅胡打路奈梅侯拉拉奇努姆利斯阿伊塞納卡艾哈嘿嘿羅窩胡利庫拉斯托魯奈瓦卡叩馬索路烏哈基艾歐侯塔拉巴達西。」

「……抱歉，再重複至少三次好嗎。」
這串聽起來像復活咒語（註5）的咒詞是什麼啊……
「即使發音有絲毫錯誤，我都會聽不見，要注意捏。」
好麻煩的系統……
光是確認就重複了三次，筆記應該沒有抄錯吧。
於是，聯誼派對就以奇妙的方式結束。
「噢，松樹妖精大人，如果有什麼好方法能讓公會職員找到心儀的對象，能不能透露呢？」
娜塔莉小姐最後提出疑問。
「就是一個一個對象嘗試捏。反覆挑戰許多次，其中總會偶然中獎捏。就像抽一百次籤，總會有一次中獎的道理一樣。」
好鮮明的建議。

註5　勇者鬥惡龍一、二代沒有內存記憶時，以密碼記錄遊戲過程的方式。

◇

回到高原之家後，我向法露法與夏露夏提到姊妹結婚典禮。

「好喔！法露法，想舉辦！」

首先，頭一個贊成的是法露法。

「提到結婚典禮，代表可以穿上結婚禮服吧!?法露法，一直夢想穿上它喔！」

噢，對喔。有沒有想結婚的對象是別的問題，但好像很多女孩子想打扮成那樣。

原以為照這樣看來，事情會順利發展的我太天真了。

「夏露夏拒絕。」

想不到夏露夏居然拒絕!?

該不會有什麼地方無法接受吧，比方說這種空有形式的典禮沒有意義啦，違反原本的妖精信仰之類。或者是單純感到難為情之類？

「夏露夏想穿結婚禮服。姊姊應該穿紳士用的禮服。」

為了這種原因嗎!?

應該說，原來夏露夏也想穿結婚禮服嗎？由於她比較沒有這種氣氛，之前才一直沒有察覺。不，問題在於想穿禮服的氣氛是怎麼回事。

「欸～！為什麼夏露夏穿禮服？好賊喔～！」

法露法當然抗議，鼓起臉頰表示不滿。
「姊姊是負責保護弟妹的人物。所以，應該穿上據說從騎士的正式服裝發展而來的紳士用禮服。夏露夏則打扮成受到騎士保護的貴婦——亦即在這種情況下，穿結婚禮服才合理。」
「這根本是牽強附會吧！夏露夏會在這種時候強詞奪理！」
法露法發起脾氣。實際上，夏露夏有時候會試圖以理論當障眼法。由於她似乎偏向消極，自我主張也十分強烈呢。
不過，提到紳士用禮服，也就是法露法要穿類似小禮服之類的服裝嗎？
試著想像後，發現這樣非常可愛。
我忍不住摀著嘴。
嗚哇，好耶！ＯＫ喔！那就法露法穿紳士用禮服，夏露夏穿結婚禮服？可是，這時候打壓法露法的意見也不太好吧……
兩人緊緊盯著我。
「媽媽！」「媽媽。」
不用說，這是希望我採用她們自己的意見。如此一來，不論我選哪邊都會變得好像壞人一樣。真是傷透腦筋。
這時候我決定使用密技。

碰到這種情況，問問看業者就好了。像是如果繼承遺產時吵架，就該找律師這種第三者商量才對。

「稍等一下喔。我看看，筆記，筆記……」

那段咒詞沒有筆記絕對記不住。

「瓦嘎侯拉希羅胡打路奈梅侯拉拉奇努姆利斯阿伊塞納卡艾哈嘿嘿羅窩胡利庫拉斯托魯奈瓦卡叩馬索路烏哈基艾歐侯塔拉巴達西。」

順利詠唱結束後，松樹妖精蜜絲姜媞出現在面前十公分的位置。

等等，在面前十公分喔！

「嗚哇！太近了！太近了啦！」

我嚇了一跳，連忙後退。這也該有個限度吧！

「不好意思捏。出現位置會依照發音的程度而有偏差，從詠唱者近在咫尺到徒步五分鐘的距離之間喔。」

「偏差也太劇烈了吧。」

在生命遭受威脅的危急時刻召喚，卻出現在徒步五分鐘的位置，不就完蛋了嗎……雖然她也不是危急時刻會召喚的妖精。

「所以說既然召喚我，代表有事情捏？」

「啊，關於這件事情有個問題想問。」

我告訴她法露法與夏露夏針對禮服相爭一事。

「原來如此，原來如此。畢竟結婚典禮是一生一次的大事呢～想穿禮服的希望十分強烈捏。雖然偶爾也有結婚四、五次的人。」

我可不想聽到這麼沉重的話。

兩個女兒這次緊緊盯向蜜絲姜媞。

兩人似乎都不想退讓。

「呵呵呵，這種情況下也有不錯的方案捏。名叫『一次典禮雙重享受方案』喔！」

光聽她的發言，實在是很可疑，但她畢竟是大有來頭的妖精呢。

「我完全聽不懂，拜託再稍微具體說明一下。」

「結婚典禮過程可不短，中途也會換衣服捏。」

噢，重新換裝之類，這種層次的問題嗎？

「因此，首先兩人都穿紳士禮服登場，後半段兩人都換上結婚禮服怎麼樣？這樣就平等了捏。」

兩人對蜜絲姜媞的提議都露出炯炯有神的目光。

「這樣不錯喔！既然要穿，法露法也想兩者都穿穿看！」

「乍看之下像三方都有損失，但可以說三方都賺到，這種想法了不起。」

連我也閃爍著期待的眼神。

不只能看見兩人穿禮服，甚至還有小禮服，對母親而言簡直是好到不能再好的活動！

「服裝由我這裡準備捏。依照附加條件，多少需要花點錢，不過十分微不足道。畢竟這是一生一次的機會。就算大手筆一點也沒問題捏。」

真是會做生意啊。這樣算是四方都賺到吧。但如果能花錢解決姊妹的爭執，那的確很便宜。

「我知道了。那就由妳提出具體的估價單吧。只要不是太離譜的價格，我們都會付。」

「了解捏。這一次的典禮可以當作蜜絲姜媞神殿的業績宣傳，所以會算妳們優惠價。」

「好好好。那就這樣吧。」

原本就抱持這種打算，預定使用塔金村的蜜絲姜媞神殿。

「接下來就看要招待多少人了捏。由於這是十分私人的活動，只要家人出席即可嗎？」

聽到招待這兩個字，我的腦海中浮現幾名魔族的臉。

「如果沒找某些人來就舉辦結婚典禮，多半會被念上一百年，所以下一次見面時我會先問她們行程。招待函就不用了。」

◇

兩天後，別西卜前來，於是我爽快地問她「法露法與夏露夏要舉辦姊妹結婚典禮，妳哪一天有空？」

「哩供蝦米————!?」

一如預料，不，她的反應比我想像中還大！

「在妳誤會之前我先聲明，這是姊妹今後也要相親相愛的儀式。可不是姊妹分別要嫁給誰，所以放心吧。」

「太好了哪。一個不小心，小女子差點就要宰了她們兩人的結婚對象……」

她難得說出很魔族的話呢。

「附帶一提，兩人都會穿上結婚禮服。就算我說別來，妳也絕對會來吧？」

「小女子有身為監護人出席的義務。」

等等，妳不是監護人吧。雖然我已經嫌麻煩而懶得否定，但是別西卜似乎打算徹底扮演法露法與夏露夏的「阿姨」角色。

「姊妹結婚典禮嗎，真是優秀文化哪。想辦法在魔族土地上扎根吧。也向魔王大人建議看看。」

慘了……萬一讓佩克拉知道，絕對會要求與我舉辦結婚典禮……

可是，不找她參加法露法與夏露夏的典禮也說不過去。況且這勢必得要求別西卜保密，事後要是穿幫了，也會造成別西卜的麻煩。

沒辦法。到時候如果被她強迫舉辦結婚典禮的話，只要我毅然拒絕她即可。

「那麼，也先聯絡一下另外幾名魔族，與居住在妳那邊土地上的成員吧。」

「嗯，交給小女子。一定會讓她們參加的。不論怎樣都會帶她們來哪。」

「啊，不可以強制參加喔……這樣會導致典禮的氣氛變糟，可就本末倒置了。」

「可是參加兩人的典禮，不會有任何人遭遇不幸吧？」

這句話再怎麼說也太超過了吧，別西卜……

總之，日期也決定了，姊妹結婚典禮的日子很快就來臨。

舉辦了姊妹結婚典禮

She continued destroy slime for 300 years

我們家族前往塔金村的蜜絲姜媞神殿。

當天的神殿包場了大約兩小時。

法露法與夏露夏的穿衣等工作似乎由蜜絲姜媞負責，連我都可以不用在場。

只不過取而代之，工作可沒少。

「那麼，既然妳是新娘的媽媽，就拜託妳當接待員捏。」

「接待？」

「工作是將座位表交給來賓，或是收受禮金之類捏。」

「怎麼這麼日本風啊……」

我在神殿入口擺開桌子坐了下來。

不久，出席者接二連三抵達。

首先，是洞窟魔法師艾諾。

「這次恭喜您了。來，這是禮金。」
然後我收到以布包裹的金幣。因為這個世界沒有鈔票。
「謝、謝謝妳……話說，這個世界也有贈送禮金這種體系嗎？」
「咦，這不是常識嗎？雖然只包了大約三萬戈爾德。反正這次不是真的要結婚，本來以為可能不需要，但既然包了會場，總是需要花錢吧？」
然後艾諾直接登記自己的名字，領了座位表後走向後方。
總覺得奇怪的地方特別真實呢……
接著悠芙芙媽媽前來。
「呵呵呵，這個日子終於來臨了呢。來，這是禮金。」
「連妖精也會拿出禮金啊……」
然後是魔族成員大舉登場。
當然有別西卜、佩克拉、利維坦姊妹法托菈與瓦妮雅，以及武史萊小姐——像是家裡蹲的朋德莉也算魔族，多半是大家一起搭乘法托菈或瓦妮雅前來的吧。
「恭喜妳哪。來，這是禮金。」
別西卜也理所當然地掏出錢來。
接下來，是佩克拉。
「真的非常恭喜喔。這是禮金，還有來自魔王身分的祝賀小語。應該有時間發表，到時候請唸出來吧。」

連類似賀電的體系都有啊……

「辛苦了，亞梓莎小姐。如果人手不足的話，我可以幫忙。」

連這種時候，法托菈都好認真。

「噢，接待工作一個人就綽綽有餘了，沒關係。」

「接待或許是這樣，但也有安排二次會等情況。」

「我們不會辦什麼二次會啦！」

再怎麼說都太接近日本的結婚典禮了……接近得很離譜……

最後來的人是拉米娜族的庫庫。

「這是……禮金……因為工作增加，我也終於出名到可以輕鬆支付三萬戈爾德禮金了……非常感謝您……」

「噢，嗯……另外，可以不用勉強自己掏禮金沒關係……」

「對了，要不要唱首歌當作餘興節目呢？我有一首名叫〈與你分別過了二十五年〉的新曲喔。」

「那絕對不是可以在結婚典禮上唱的歌吧！」

之後除了娜塔莉小姐以外，連村民們與哈爾卡拉製藥的職員都來了。

老實說，明明不是真的要結婚，我開始覺得過意不去……

最後除了家人，連朋友都齊聚一堂後，人數就變得不少呢。

我的交友關係也在短時間內戲劇性地擴展。

這時候蜜絲姜媞前來。

「擔任接待員辛苦啦。那麼，高原魔女小姐也請就座吧。另外親屬是坐在比來賓更低一層的座位捏。」

「妳真的沒有在日本的結婚典禮會場工作過的經驗嗎……？」

「日本是哪裡啊？」

她似乎並非佯裝不知。

◇

然後我也跟著就座。家人視為親屬，座位在後方。會場是這樣安排的。

「亞梓莎大人，雖然不會有什麼事情因此改變，但還是會緊張呢……」

坐在一旁座位的萊卡顯得十分僵硬。

彷彿參加龍族親屬的結婚典禮。

「對啊。畢竟是典禮嘛……比我想像中還要正式呢。神殿各處都掛有類似裝飾物……」

不愧是松樹妖精的神殿，隨處可見松樹的裝飾品。

提到松樹，還有一種日本風的感覺，但與這座神殿十分契合。

「法露法，夏露夏，今後要變得更加幸福哪……」

別西卜坐在來賓座位上，以手帕擦拭眼睛。

反應真的像極了女兒出嫁時的母親……會不會太感慨良多了啊……

「像松樹妖精這樣受到人類信仰的妖精真是辛苦呢，水滴妖精明明過著悠然自得的生活。有如神明般受到崇敬，肩膀似乎也會痠痛呢。」

悠芙芙媽媽以同樣妖精的視角發表感想。

即使都是妖精，生活方式的確也完全不同呢。

「姊妹結婚典禮，代表我和姊姊大人也可以舉辦吧？只要感情好，是朋友或是任何關係都可以吧？」

佩克拉從前方座位說出意料中的事情。

「我可沒打算與任何人都舉辦典禮喔。不好意思。如果與身為魔王的妳關係太好，在人類的國度傳開的話，我有可能變成討伐對象吧。」

雖然弗拉塔村的居民對魔族已經免疫，但可不是所有人都這樣。目前還有不少人認為魔族很可怕。

要是被人類國度視為嚴重威脅，對慢活可不是好事。

——這是我自認為十分說得通的道理。
「也對。即使不拘泥於典禮之類的形式，彼此依然心意相通呢。」
她似乎接受了說詞，但總覺得接受的理由特別積極……
——這時候，神殿內突然變暗。
由於還沒到晚上，可能是某種魔法般的效果吧。
『現在，舉辦典禮的兩人即將入場捏。請暫時避免私下交談。還有，希望各位拍手迎接兩人捏。』
不知從何處傳來蜜絲姜媞的聲音。好像電影上映前的注意事項。
然後，神殿內再度充滿光亮。
可能是一口氣變亮的關係，十分耀眼，甚至有莊嚴神聖的感覺。
手牽手的法露法與夏露夏，從後方走在閃閃發光的中央通道上。
兩人都穿著俗稱的小禮服。
照理說肯定是沒穿過的陌生款式，卻十分適合兩人。
法露法面露爽朗微笑，夏露夏則還有些緊張。
我差一點看呆了，但依然確實拍手。身為母親可不能有失禮儀。

該怎麼說呢？這可不是玩家家酒的層次，至少氣氛十分正經。

來到祭壇前方後，兩人轉身面向我們。

浮現在兩人背後的蜜絲姜媞現身。

完全就是神明會現身的位置。

「我是松樹妖精捏。自古以來，人人都稱呼我蜜絲姜媞。負責見證相互信任的兩人得以永遠維持不變。還有，也擔任司儀負責典禮進行捏。」

明明是嚴肅氣氛又表情認真，但語氣聽起來有點傻才是問題……

像是這種時候，改變一下人物特質不是也可以嗎……？

「自古賢者有云，生者終有一天必定消滅捏。不過，這只不過是物質層面的真理。內心是不滅的捏。祈禱兩人的心不論何處，不論何時，都能擴展至無限。」

兩人彼此使了個眼色，略為點頭。

「法露法，願意待夏露夏為妹妹，今後不論快樂與辛苦的日子都攜手走下去。」

「夏露夏，願意待法露法為姊姊，今後不論快樂與辛苦的日子都攜手走下去。」

兩人都許了非常不錯的願望。

我純粹心想，舉辦這場典禮真是太好了。

特別的紀念日只要靠自己打造即可。
平凡的每一日也很重要又可愛，但這種日子也是必要的。
「那麼，希望兩位將承諾傾注於戒指，分別戴在對方的手上揑。首先，由姊姊法露法小姐幫夏露夏小姐戴。接著換另一位幫對方戴揑。雖然這也有正式的由來之類，不過在此省略揑。」
然後蜜絲姜媞將盛放兩枚戒指的臺座端到兩人面前。雖然是開玩笑的結婚典禮，卻出乎意料地講究。不愧一直當職業媒人的妖精。
「嘩~好讓人嚮往呢！過程完全依照書上看過的內容呢！」
佩克拉的眼睛炯炯有神。
她似乎真的很喜歡這種少女的興趣呢。
「基於立場，我沒辦法拒絕，因此被迫參加許多次魔族大人物的結婚典禮，但這一次的典禮更加酷炫，真是太棒了！」
這句話微妙地帶刺耶！
「唔噢噢噢……妳們兩人可要幸福長長久久哪……做媽媽的永遠都會在背後挺妳們啊……」
「喂，那邊的蒼蠅王！別以媽媽自居！那是來賓的座位！」
別西卜不斷累積神祕的既成事實，因此我每次都先吐槽。

© Benio

「竟然有幸看到孫女彼此的結婚典禮，真是無限感慨呢……」

連悠芙芙媽媽都說出奇怪的事情……不對，我稱呼她媽媽是事實，那麼兩個女兒就算是孫女嗎……？

「那麼，夏露夏，要戴囉。」

「嗯，姊姊，拜託妳……」

兩人似乎都有幾分害羞。畢竟正因為是姊妹或兄弟，才不會刻意說出我非常重視你這種話吧。

如果這是結婚典禮，理論上就像求婚時會有向另一半說句話的階段，但姊妹之間就不會有這種時機。

「法露法再度感受到，原來自己這麼重視夏露夏。」

「夏露夏也希望姊姊永遠是姊姊。即使這個妹妹不成材，也希望她能保護夏露夏。」

兩人戴上戒指，同時如此表示。

姊妹之間的感情，該稱之為友情，抑或是愛情呢。

其實兩者皆可，或者兩者皆非也說不定。即便如此，我認為兩人能撥出時間確認這種心情，是非常有意義的。

蜜絲姜媞真有兩下子呢。

「謝謝兩位捏。那麼，兩位就請簽下誓約之名吧。希望兩位在這份契約書上簽名，象徵不會背叛並帶給對方幸福。以前曾經寫過無數次自己的名字，在這一次可是具備特別的意義捏。」

這方面還真是講究啊。兩人轉過身來，將簽了名的契約書秀給我們看。雖然字跡很孩子氣，但上頭仔細寫著熟悉的兩人親筆字。

「那麼，見證這份契約書真實無誤的，就是在場的各位來賓。敬請各位以盛大的掌聲同意兩人捏。」

完全沒有不拍手的原因。我們以如雷的掌聲祝福兩人。

不久，在充分表達同意的掌聲平息之後——

「媽媽！」「媽媽！」

兩人凝視我，然後開口。

此時，兩人的聲音重合在一起。

「「還有，各位，謝謝妳們。」」

我才應該感謝妳們呢。
真的很感謝妳們為了我，誕生在這個世界上。
別西卜已經淚流滿面。
感動的表現比我還誇張。沒關係，妳就盡情地感動吧。
兩人再度手牽手，穿梭在我們座位之間的通道，逐漸離去。

隨後，木製桌椅不知從何處出現在空的區域。
桌上陳列著盛放料理的器皿。
「好的，請各位先享受佳餚一段時間捏。座位前方有寫誰坐哪個位置。」
我與萊卡、別西卜和佩克拉同桌。
佩克拉貼得特別近。
萊卡則一臉怒容瞪著她。
另一方面，別西卜一直淚流滿面。
雖然我們這一桌特別另類，但總之先享用料理吧。
另外菜單如下：

海鮮與當季蔬菜凍的千層塔

煙燻鴨肉淋藍莓醬

冰涼毛豆濃湯

香煎彩虹魚佐以巴薩米醋風味的左旋筍

菲力牛排佐以季節鮮蔬搭配紅酒醬

麵包（可自由續添）

是比想像中更正式的全餐料理呢！

「這可以當作參考呢。筆記筆記……」

至於其他桌呢，瓦妮雅似乎在紙上振筆疾書料理相關的資訊。提到料理，她果然無法坐視不管呢。

「姊姊大人，這場典禮真是美好呢。」

「嗯，對啊。」

「我還是很嚮往這種典禮喲。」

「不論妳怎麼說我都不辦喔。」

萊卡一臉『說得好，沒錯』的表情點點頭。
接著，隨著我們用餐之際，房間再度暗了下來。
擔任司儀的蜜絲姜媞站在正前方。只有該處變亮應該是妖精的力量所致吧。
「各位來賓，姊妹再度入場捏！」
等好久了！料理雖然也很美味，但更想早點看到法露法與夏露夏！
不過，就在拍手的時候——蜜絲姜媞不知為何移動到我的身旁。
由於我的四周依然漆黑，感覺有點可怕……
「不要突然出現啦……對心臟很不好耶……」
悠芙芙媽媽也是一樣，妖精似乎擅長瞬間移動。
「好的，新娘的媽媽，請過來一趟吧。有很重要的工作捏。」
「要做什麼工作啊……？接待的工作不是已經完成了……」
「重要性遠比接待員還高得多喔！希望妳來一趟捏！」
於是我從漆黑的室內直接被帶到其他房間。到底是什麼事啊？
來到其他房間，見到法露法與夏露夏在內。
附帶一提，兩人都穿著結婚禮服。
「太、太可愛啦！實在是太可愛了！已經是犯罪了耶！可愛度滿級了喔！最強的不是我，是妳們兩個呢！」

雖然很想用盡這個世界的各種比喻方式，形容兩人的可愛，不過一旦來到兩人面前，唯一說得出口的就是可愛。這個世界上還有誰比她們更可愛嗎？不，沒有。絕對不可能有。

「媽媽，謝謝妳！」

「雖然穿上費了一番功夫，但能讓媽媽感到開心，那麼穿著也有意義了。」

由於是朝思暮想的結婚禮服，法露法似乎比剛才更開心。完全是最高等級的笑咪咪呢。應該沒有新娘能在真正的結婚典禮上笑得這麼可愛吧。就像享用最愛零嘴時的表情。

以這層意義而言，自己也鬆了口氣，感覺法露法果然還是小孩。

或許這是母親的任性，但我並不希望她太快長大。

另一方面，夏露夏已經不像剛才一樣緊張而動作僵硬，卻害羞地略微紅著臉低下頭去。似乎在以自己的方式緩緩咀嚼幸福的滋味。

即使是姊妹，兩人連這種時候的反應都清楚地區分。不過連這一點都十分美妙。對我而言，兩人不論哪方面統統都非常棒！

但我還是不明白來到此地的原因。

「所以說，蜜絲姜媞，我該做什麼工作呢？」

「提到結婚典禮，首先是新郎入場捏。然後由岳父帶新娘入場啊。雖然在其他典禮上，也有岳父先帶新娘入場的。」
聽她說到這裡，我便大致上明白了。
「意思是要我代替父親的角色嗎？」
我指著自己的臉表示，隨即得到「沒錯捏」的回答。
這一點倒是沒什麼疑問。要說不明白的部分──
「新娘有兩位的情況下該怎麼辦？」
結果這次馬上就碰到例外狀態。
「那就請高原魔女站在中間，兩位新娘在兩側應該ＯＫ捏。」
可能過去也有這種例子，蜜絲姜媞爽快地回答。
我走在正中間，兩側是身穿結婚禮服的兩個女兒。
光是稍微想像一下，都覺得已經完美無缺……
「媽媽，怎麼一臉咧嘴笑呢。」
「表情好像在王國北部受到信仰的邪神。」
慘了，由於實在太棒了……結果寫在了臉上……
「抱歉，抱歉。畢竟身為母親，這堪稱最棒的一瞬間呢……」
一般來說，負責這個角色的岳父是抱持與女兒分別的心情，才會帶著女兒步上紅毯吧。很多人肯定不只是高興，同時還會寂寞地落淚吧。

可是這一次的結婚典禮，兩人既沒有要嫁給別人，也不準備搬家，純粹是我盡可能享受喜悅心情的最棒情景！

話雖如此，這場典禮對兩人而言，當然對其他出席的眾人而言，在成為回憶之一這方面，與一般的結婚典禮毫無不同。

所以，現在我也得確實盡到自己的本分才行。

絕不能讓女兒的回憶變成黑歷史。

正好有一面鏡子，於是我確認自己的表情。不如說，是調整。

嗯，變回認真又誠實的自己了。

好，做自己該做的事情吧。

我握住兩人的手。

右手牽著法露法。

左手牽著夏露夏。

明明是雙胞胎，但我馬上分出哪隻手是法露法，哪隻手是夏露夏的。

對啊，我也和兩人生活了很長的時間呢。所以即使是微小的差異，也懂得如何分辨了。

在離開房間之前我就快哭了出來。再怎麼說這也太偷跑了吧。

「那麼，兩人都走吧。也不能讓大家在暗處等太久呢。」

兩人同時點了點頭。

然後蜜絲姜媞幫我們開門。好，前往大家等待多時的會場吧。

整間房間並未變亮，而是像聚光燈一樣只照亮入場的法露法與夏露夏，以及我的身邊。

由於是三人手牽著手走著，因此並未形成新娘跟在岳父身後的風格。

不過，法露法略為走在前方。

雖然我走在兩人之間，這樣卻變成拉著夏露夏走。

法露法想站在夏露夏前面，可能是下意識的舉動。

啊，事到如今再度實際感受這是確認姊妹愛情的儀式，可不是我看到女兒穿結婚禮服而感到開心的活動。以理念而言應該更為崇高。

從兩側的座位響起出席者的掌聲。

不論是我與兩個女兒，應該都略為露出自豪的表情。

來到祭壇的前方後，我們望向會場的眾人。

心想接下來該怎麼辦時，蜜絲姜媞立刻開口「拜託妳了捏，法露法小姐。」向法露法示意步驟指示。

接著法露法取出類似訊息卡的東西——

開始緩緩朗誦。

「給夏露夏。夏露夏稱呼法露法為姊姊究竟是何時的事情呢。已經是很久以前，所以不記得了呢。夏露夏從以前就會過於一心一意，眼裡只有自己專注的事情呢。其中，當初說要打倒媽媽時，法露法嚇了一大跳喔。」

噢，這是姊姊寫給妹妹的信。

夏露夏依然低著頭，眼淚微微在眼眶中打轉。

「不過呢，如果夏露夏沒有主動進攻媽媽的住處，說不定我們只會在森林中靜靜地生活呢。法露法一直相信，是夏露夏帶給法露法幸福。今後也多多指教囉。法露法敬上。」

別西卜發出嚎啕大哭的聲音，甚至有點吵。

這可能是第一次看到如此不冷靜的別西卜。

接下來換夏露夏取出訊息卡。

「給姊姊。夏露夏有時候會忽然想起，自己總是受到姊姊的保護。之前能活下去可能都是多虧姊姊的幫忙。雖然不知道該如何報恩，但還是想和姊姊在一起。請姊姊多多指教。夏露夏敬上。」

正當我心想夏露夏的訊息卡內容比法露法的短，凸顯兩人的個性時，冷不防來了一記。

「還有，雖然在這裡唸出來有點怪，但還是給媽媽。即使過去發生了許多事……但夏露夏覺得能當媽媽的女兒真的太好了……謝謝妳……今後也請都都、嗚嗚……」

最後一句夏露夏已經泣不成聲，說不清楚。

不過我也同樣淚流滿面，所以平手。

借用這種場合得知女兒們的成長，女兒們向我道謝，但我也想道謝。

謝謝姊妹結婚典禮。謝謝蜜絲姜媞。

「真是感人的問候捏。那麼做為誓約的證明，希望兩位親吻彼此的臉頰捏。」

反正是姊妹，親臉頰可能也比較不會抗拒，兩人並未感到困惑，輕輕親了一下彼此。

首先，是法露法親夏露夏；接著，換夏露夏親法露法。

「夏露夏，有點鹹鹹的喔。」

「眼淚的關係。即使是史萊姆妖精，鹽分還是會藉由眼淚分泌。」
夏露夏都哭得希里嘩啦，完全無法隱藏眼淚。
「蒞臨會場的來賓們，請為兩人盛大地鼓掌捏！」
我竭盡所能用力拍手。不過，還剩下一項工作。
法露法與夏露夏再度來到我的兩側。
「媽媽。」「媽媽。」
兩人都視線朝上看著我。不知為何，連司儀蜜絲姜媞也十分開心。
「希望也能對母親來個誓約之吻捏！」
「噢，原來是這麼回事……」
魔族之王與大臣則在前方喊著「呀～！姊姊大人！羞羞臉！」或是「可惡～！真是羨慕哪～！」
我也並非不感到難為情，但這可是重要的典禮呢。
於是我讓兩人親了親自己的臉頰，我也得永遠繼續當兩人的母親才行呢。
「那麼，就拜託囉。」
我會好好努力，讓自己能當個優秀的母親。
啪啪啪啪啪啪。會場響起如雷的掌聲。
當初是基於想看女兒穿結婚禮服而舉辦的活動，但連我都感動得落淚。

「如此一來，我身為松樹妖精的工作就告一段落捏。雖然當了見證人，但最後兩人能不能相親相愛，長長久久，就要看兩人的努力了。如果今後吵起架的話，希望屆時能想起今天的事情。今天，兩人關愛對方的事實是毫無疑問的，身為妖精我可以保證捏。」

蜜絲姜媞漂亮地總結。

「接下來，就請各位好好享用餐點捏。在用餐之前，有東西想交給兩位。總之就是紀念品捏。」

蜜絲姜媞交給法露法的，是一棵小松苗。

「不嫌棄的話，希望能將樹苗種在家的附近。會長成非常壯碩的大樹捏。」

「謝謝妳，蜜絲姜媞小姐！世界妖精會議再見面囉！」

「好的。希望到時候，全國的蜜絲姜媞神殿能稍微有點復興的起色捏。」

蜜絲姜媞低頭鞠躬致謝。

我好像明白這位松樹妖精為何能長期以見證人的身分受到信仰了。

從座位上站起來的我，轉身面向兩人。

「太好了呢，女兒們。」

我輕輕摟住兩人。

真是最棒的一天！

之後，『高原魔女的女兒以姊妹結婚典禮的形式加深情誼』這件事情，也被塔金村用來宣傳，據說觀光客比以前多了些。連蜜絲姜媞神殿的參拜信眾也增加了。

要說盡力復興村子倒是小題大作，但有正面效果的話，那就再好不過。

附帶一提，蜜絲姜媞送的小松苗種在家的一旁後——

三天就成長至足以稱為大樹了。

「呃，雖然可能寄宿著妖精之力，但這也長得太快了吧……」

我抬頭仰望這棵大樹並嘀咕。這樣沒有擾亂自然界法則嗎……

「什麼啊，這棵跩不啦嘰的樹……明明是新人卻這麼傲慢。」

曼德拉草的桑朵拉忍不住抱怨。

「連植物之間也有新人之類的概念啊……」

「還有……這棵樹吸收了好多營養……我能吸收的營養要減少了……雖然稍微移動一下就沒有問題，但真的很煩耶……」

的確，長得這麼大代表也吸收了地面的養分呢！

看來還得再買些肥料之類才行了……

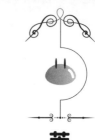

萊卡參加了大賽

She continued destroy slime for 300 years

「喲！喝！噠！」

「呵！呼！嘿！」

武史萊小姐與萊卡今天在高原之家前方切磋。

這些類似呼喝的聲音就是兩人的喊聲。

其實既沒有在舉辦祭典，也不是在搗年糕。

而是武史萊小姐想陪萊卡練習才跑來。

類似大相撲的外出傳藝。

彼此反覆揮拳踢腿，並加以防禦。當作練武其實相當不錯。

我與芙拉托緹，以及桑朵拉在一旁觀摩。

「嗯，還可以。不過太嫩了。憑我芙拉托緹，就會在那裡利用尾巴攻擊。」

拜託，萊卡和妳不一樣，人類型態時可沒有尾巴啦……

「動物果然很野蠻。植物就很和平。既不會握劍也不會放火。」

桑朵拉也別歧視動物啦。我可不希望植物會拿劍攻擊，或是在家裡放火之類。

「那麼，要準備上囉。武史萊流史萊姆拳奧義！下重腳！」

武史萊小姐蹲下身子，同時朝萊卡的腳下使出踢腿。

不過以奧義而言，不嫌太樸素了嗎……？

「嗚哇！中招了！」

萊卡閃避不及，腳受到傷害！再加上攻擊腳部導致失去平衡，身體跟著浮空。

「這時候，再來一記下重腳！」

「啊！趁身體浮空的時候，又踢出一腳！」

在萊卡浮在半空中即將接觸地面之際，又來了一記下重腳，萊卡的身體跟著飄起來。

然後在無法防禦的時候，再度面對一記下重腳！

「怎麼樣！趁對手失去平衡時，藉由連段進一步持續破壞平衡的攻擊，就能半永久地不停進攻對手！這就是武史萊流史萊姆拳奧義！反覆下重腳！」

「這算是一種無限段!?」
好賊喔！
不過，這招足以一直攻擊萊卡，代表的確有一定效果嗎！
「那個叫武史萊的，完全貫徹贏得比賽呢。果然，她是靠自己的拳頭維生的女人。」
芙拉托緹倒是持肯定態度。畢竟武史萊小姐的職業是武鬥家，肯定十分執著於勝利吧。
「因為很快就有大規模的武術大賽啊！為了贏得冠軍獎金三千萬戈爾德，我必須變得更強才行！」
這時候就不用特地說出獎金額度了！
「另外，參賽費用為五千戈爾德。」
這種報名費更不需要提！
可是，萊卡也並非平凡小女孩。不，彼此交手的當下就已經不算平凡小女孩了。
即使遭受無限段也依然一點一點重整姿勢——然後從嘴裡吐出火炎。
「要反擊了！噗噢噢噢噢噢——————！」
這才是紅龍的真本領！
即使變成人類外表，萊卡依然能吐出火炎。

「嗚哇！用火炎攻擊是犯規的啦！」

武史萊小姐遭受火炎攻擊後，為了滅火在高原不停翻滾。另外，桑朵拉嚇得大喊

「火炎！好可怕，好可怕！」然後躲進地面。可能因為是植物而害怕火。

「啊，沒事吧？雖然火炎應該不足以造成嚴重燒傷。」

「是的，這點程度的話，火應該很快就熄滅了……」

還在翻滾的武史萊小姐同時回答。

我會使用回復魔法，但看來應該不需要我出手。

彼此都經驗老到，肯定都懂得手下留情吧。

可是，異狀卻突然發生。

在翻滾的過程中，武史萊小姐的身體看起來略為朝奇怪的方向扭曲。

咕嘰！類似這種聲音還傳入我的耳朵。

由於高原不太平坦，該不會哪裡疼痛吧？

結果，武史萊小姐的外型——

在下一瞬間，變成了史萊姆。

是呈現寶石綠色，比平常的個體大上一圈左右的史萊姆。

「糟糕……身體朝奇怪的方向扭曲……結果變成了史萊姆的模樣……」

由於史萊姆開口說話，代表這隻史萊姆就是武史萊小姐。

這讓我想起，武史萊小姐終究還是史萊姆。

武史萊這個名字也源自武鬥家史萊姆的簡稱，武＋史萊。雖然命名得很隨便，但世界上完全沒有武鬥家史萊姆，應該不會有撞名的危險。

「哎呀，好久沒有變回史萊姆了呢。那麼，就變回人類的模樣吧——哎呀？」

寶石綠色史萊姆的身體完全沒有動靜，但武史萊小姐的心中似乎有某些糾葛。

「奇怪？哎呀呀……啊，弄痛了嗎，難道這是弄痛了嗎……大概是扭到腰了……」

雖然分不出史萊姆外型的哪裡是腰，不過似乎傷到了身體。

「傷腦筋耶……武術大賽就快到了……卻因為扭到腰而無法恢復人類的模樣……該怎麼辦……完全康復得等兩星期……但武術大賽是在五天後……」

「原來與變成人類外型這種身體因素有關係呢。」

我走近史萊姆模樣的武史萊小姐。

「這下可不得了……如果無法參加武術大賽，今年的年收入將會大減……唯有這一點必須避免……」

「拜託，這時候應該多一點像是無法參加大賽很懊悔啦，這方面的感言才對吧！運動員（？）也太露骨地提到年收的話題了吧！」

「不好意思。是吾人的火炎所致……」

萊卡似乎也感到自身責任，一臉失落。

當然，這是練習中發生的受傷意外，萊卡本身沒有錯。可是不論拳擊或摔角，造成對方受重傷的選手同樣會自責吧。

「不……問題出在我翻滾沒翻好……既然當個武鬥家，受傷也是司空見慣。」

武史萊小姐也表現出十足的風度。

「可是，一如武史萊小姐所說，無法參加有高額賞金的大賽實在很可惜。」

「不，乾脆地認賠不是我的風格。」

武史萊小姐的史萊姆表示。

「我要強硬參賽！」

「意思是妳不惜強忍傷勢，也要變成人形嗎……？」

「不，我會以史萊姆的外型參賽！」

「「不會吧——！」」

聽到武史萊小姐這句話，我們一同驚呼。

「這樣沒辦法吧……畢竟再怎麼說，史萊姆也沒辦法參賽吧……」

「參賽資格完全沒有寫說史萊姆不能參賽。在規則上是可行的！」

「呃，可是……說起來會講話的史萊姆已經非常罕見了，可能會被奇怪的人盯上喔……妳總不能向世間透露自己的真實身分是史萊姆吧……？」

「也、也對……」

史萊姆略為動了動。該不會代表點頭的意思吧。

「雖然對外宣稱武史萊流史萊姆拳法是開發自史萊姆的動作，但如果太多人知道我的史萊姆外型，亦即出身魔物這一點可不太好……況且就算走在街上，也有可能變成驅逐的對象……」

果然，很難以史萊姆的模樣參加大賽吧。有可能連許可都拿不到。

「啊～可是三千萬耶。三千萬，三千萬，三千萬……好想要三千萬戈爾德……」

她顯得非常依依不捨耶！

「可以的話，我想要五千兆戈爾德……」

再怎麼說，想要的金額都通膨得太過火了吧。

「知道了！那麼吾人也鼎力相助吧！」

萊卡將手置於胸前，站在武史萊小姐面前。

「吾人以『史萊姆使者萊卡』的名字與武史萊小姐一同參加武術大賽！既然世上有馴鷹人之類的職業，史萊姆使者應該不會那麼另類！」

「哦！真是感謝妳啊！」

武史萊小姐蹦蹦跳跳。這應該是高興的表現。

「的確，這樣或許能獲得參賽許可。戰鬥的部分由史萊姆外型的武史萊負責即可。」

連芙拉托緹都出乎意料地贊成這個提議。

「是的，吾人終究是為了參賽的權宜手段，因此並不打算參與直接戰鬥。況且如果吾人也認真戰鬥，就變成兩人同時參賽了。」

「不，畢竟我需要錢，如果我陷入危機的話，就拜託萊卡小姐妳頂一下。」

武史萊小姐還真精啊……

◇

就這樣，萊卡決定與武史萊小姐的史萊姆一同參加武術大賽。

我也算是萊卡的監護人，因此會同行。還有芙拉托緹到頭來也在意萊卡而一起跟來。

萬一遭到冒險家攻擊就傷腦筋了，於是讓萊卡背著武史萊。

「那女孩背著史萊姆呢。」「寵物？」「看起來好涼快耶。」

走在鎮上，發現十分引人注目呢……這也難怪，畢竟沒有人會與史萊姆一起行動。

「武術大賽在當地的公會登記。麻煩到公會去吧。」

武史萊小姐壓低聲音說話，以免四周的人聽到。因為會說話的史萊姆可是史無前例。

「明白了。有吾人在的話，參賽本身應該不是問題。」

在公會雖然也遭受異樣眼光，但登記似乎沒有問題。

「話說，有可能會受重傷喔，小姐，這樣還要報名嗎？不過妳是龍族，或許不必擔心這一點吧。」

「嗯，身為史萊姆使者，吾人會以全身全心戰鬥。」

「史萊姆使者……沒聽說過這種職業呢……這個，就算妳不要緊，但那隻史萊姆不會受傷嗎……？」

「這隻史萊姆是吾人長年培育的一級品，與隨處可見的史萊姆可是天差地遠。」

「嗯，就算是這樣……但終究是史萊姆……可不是什麼猛獸使者，應該不強吧……」

「絕對沒有這回事，敬請放心。」

櫃檯人員始終半信半疑，但還是獲得了許可。

登記完畢後，萊卡與武史萊小姐立刻前往會場。

這場武術大賽首先也有預賽。由於參加者眾多，必須贏得三場勝利才能獲得錦標賽正式賽程的參賽權。

我與芙拉托緹坐在三三兩兩的預賽會場觀眾席上。

「主人，話說在史萊姆狀態下要怎麼戰鬥呢？這樣下去不是無法揮拳與踢腿嗎？」

「其實我也一直在意這一點。」

武史萊小姐自從變成史萊姆後，並未特別與萊卡進行什麼特訓之類。因此我們也沒見過她究竟如何以史萊姆的模樣戰鬥。

「她既然能自稱武鬥家史萊姆，應該能戰鬥吧。至少不是人類武鬥家變成史萊姆。」

史萊姆使者萊卡的第一回合對手，是光頭壯碩的男子，看起來很能打的人。

我參加的武術大會也是這樣，光頭參賽率未免太高了吧？

「我的比賽對手是少女……與史萊姆嗎？若是開玩笑的話最好趕快回去喔。碰上艾陸托派金剛拳繼承者的我，骨頭可是會折斷的。」

雖然他以神祕的專有名詞耍帥，但我們從來沒聽過。

「吾人身為史萊姆使者，希望堂堂正正戰鬥。請多多指教！」

萊卡還是一樣彬彬有禮，向對方鞠躬致意。

然後裁判高喊「開始！」

武史萊小姐史萊姆從萊卡的手上一跳。

「嘗嘗史萊姆使者的奧義吧！」

萊卡煞有其事地說明之際，武史萊小姐蹦蹦跳跳地，接近敵人後——

身體一部分伸長，像鞭子一樣攻擊敵人的腳下。

這算是一種打擊技嗎？

眼看敵人失去平衡，即將倒下。

這時候，再度像鞭子般伸長的史萊姆身體襲擊而來！

造成對手身體浮空。

接著在即將落地之際再度攻擊！

趁無法防禦的時候又攻擊！

「這果然是無限段嘛！」

敵人就這樣持續受到下段攻擊，直到無法戰鬥為止，預賽第一輪由史萊姆使者萊卡壓倒性勝利結束。

武史萊小姐以三段跳的感覺，拉長跳躍距離的同時縮回萊卡的手上。

然後裁判宣布萊卡的勝利。

© Benio

「主人，這樣能算堂堂正正地戰鬥嗎……？」

芙拉托緹開口吐槽。

「……既然為了擊敗敵人而使出全力，以武術行家而言是正當行為……應該算吧？」

之後預賽第二回合也差不多像這樣，武史萊小姐使出反覆攻擊下段，趁對手身體浮空之際持續攻擊以獲勝的戰法。

第三回合的對手倒是早已知道會使出這種攻擊，一開始就蹲下身體，防備攻勢——

「唔……史萊姆的話，根本分不出哪裡是腳！也無法判斷氣息！」

這也難怪……況且史萊姆有腳這種概念嗎？既然武史萊小姐閃到腰，或許也有腳吧。

比賽對手就在不知道如何防禦的情況下，輕易淪為（相當於）下重腳的犧牲品。

「那名選手是怎麼回事……」「是之前從未見過的類型呢……」「黑馬登場嗎？」

坐在觀眾席上疑似術大賽迷的人們開始議論紛紛。

畢竟是本人完全不戰鬥，一切都讓史萊姆迎戰對手的流派呢。可能不算武鬥家吧。

之後我們會合，不過武史萊小姐似乎相當意氣風發，身體不停晃動。只不過在大庭廣眾下不能開口。

「武史萊小姐表示，『今天確實地使出很有史萊姆風格的攻擊，而且並未後退，毫不停歇持續發動攻勢。希望明天也繼續保持下去。』」

變成由萊卡擔任翻譯。

「那能算是很有史萊姆風格的攻擊嗎……話說回來，晚餐該怎麼解決？以史萊姆的外型無法正常地用餐吧？」

「剛才武史萊小姐表示，『為了準備明天賽程，今天想早點就寢，調整身體狀況。每一戰都盡可能卯足全力。』」

「雖然說得很好，但以史萊姆的外型說這些話還是有點欠缺說服力……」

當天我們先將史萊姆狀態的武史萊小姐放在旅館，然後外出用餐。

武史萊小姐似乎是從房間的塵埃，或路邊的砂礫之類吸收營養。如果讓她以人類姿態吃這些東西，就是不折不扣的虐待，但她本人都這麼做就沒什麼關係吧。既然原本是史萊姆，應該也不會抗拒。

一半局外人的我則毫無緊張感，在旅館的床上很正常地就寢。由於武史萊小姐是史萊姆，不太清楚她是否緊張得睡不著覺。反正她多半很習慣參加大賽，應該已經睡著了。

接著到了正式賽程當天。

比賽為三十二名選手的錦標賽。這一天連觀眾席都座無虛席。

大多數觀眾都是今天首次見到史萊姆使者。

扮演史萊姆使者的萊卡一登場，今天的會場再度一陣騷動。

「那是怎麼回事……」「雖然場上有史萊姆……」「該不會史萊姆才是本體，不擊敗史萊姆就永遠會復活的類型嗎？」

拜託，沒有那種類似頭目級角色的設定啦。

連在今天的錦標賽，武史萊小姐都十分凶惡。

尤其是冒出不知是觸手還是鞭子的突起物，反覆使出下段攻擊，趁對手失去平衡之際，集中攻擊KO對手。

如果這是格鬥遊戲，肯定會被罵耍賴，但如果堅持勝利倒是正確的戰術。憑藉這一招，肯定不會落敗。

另外，萊卡在後方手扠胸前，目不轉睛盯著武史萊小姐，感覺好像奧運選手的教練。不，史萊姆的教練之類或許有點怪，但她散發這種氣氛。

「結果，那名少女究竟是什麼人啊？」「看她頭上有角，應該是龍族吧？」「那麼她自己戰鬥還比較強嗎？」
各位說得沒錯。
話雖如此，萊卡其實不打算在這場武術大賽上嘗試自己的本領吧。
萊卡如果認真的話，以實力而言，這場大賽的參賽者多半毫無勝算。畢竟她可是龍族……
可是，不愧是正式錦標賽，終於出現了能承受武史萊小姐攻擊的選手。
對手是身材矮小的矮人選手。
「哼！下段防禦可是老朽的強項！」
這名矮人由於個子矮小，就算腳被攻擊也的確容易防禦。只見他以毛茸茸的手『啪！』『啪！』彈開武史萊小姐的攻擊。
「哦，武史萊這下子無計可施了呢。那麼，武史萊會怎麼應對呢？」
芙拉托緹一如局外人，純粹平淡地觀戰呢。
萊卡也一臉該怎麼辦的表情，不過戰鬥的始終是武史萊小姐。
結果，武史萊小姐身上類似史萊姆鞭的部分一口氣伸長——
繞了一圈，該部分繞到矮人的正後方。
然後從後方以伸長的部分使出下踢。
矮人大喊「還有這種的喔！」不過我明白他的心情。畢竟沒料到身體能伸這麼長呢……

之後就只是再度趁對手失去平衡時，以連續下踢攻略而已。

就在矮人宣告放棄的時刻，無限段隨之結束。

「那名史萊姆使者，實在太過分了……」「除了比賽勝利以外什麼都不想……」「雖然不算犯規，但實在很賴皮……」「簡直是勝負之鬼……」「長得這麼可愛，出手卻這麼狠……」

怎麼覺得萊卡的評價愈來愈差啦!?算了，反正又沒有電視全國轉播，影響應該有限，但這樣真的好嗎……

「主人，萊卡的人氣有下滑的可能性，但可以不用放在心上。」

芙拉托緹主動開口讓我放心。

「因為萊卡就算獨自參加武術大賽，也會如此徹底地戰鬥。戰術應該會不一樣，但她不會為了博取人氣而手下留情，被人說成勝負之鬼反而會高興呢。」

「啊……」

聽她這麼一說，的確沒錯。總之萊卡的思想十分前衛，以提升自己為第一目標，看在別人眼中如何根本不重要。

就算萊卡真的是史萊姆使者，向史萊姆下達攻擊命令，她肯定也會讓史萊姆這樣攻擊。

「果然同樣是龍族呢。芙拉托緹，妳很了解萊卡喔。」
我如此表示，芙拉托緹隨即難為情地別過臉去。
「只不過萊卡很單純而已……」
看得我忍不住微笑，芙拉托緹也真不坦率呢。

在大賽開始前完全無人注目（畢竟連存在都不為人知），神祕的史萊姆使者萊卡輕鬆連勝，終於晉級到決賽。
可能獲勝的過程中博得人氣，還聽到「萊卡，加油啊！」這樣的聲音。整體而言男性聲音較多。
看來觀眾察覺到萊卡不只是毫不留情的史萊姆使者，還是美少女。
如此一來就很勢利了，像是「她的冷靜之處好酷喔。」「畢竟她完全沒有犯規呢。如果有人要抱怨，那他才有問題。」連無限段都受到肯定。萊卡遭人中傷的疑慮也跟著消失。
果然古今中外，可愛似乎就代表強大。如果換成光看就讓人毛骨悚然的人類，以同樣方式指揮史萊姆，評價肯定會更糟。
「武史萊確定至少會晉級亞軍，肯定十分開心。因為會獲得相當高額的獎金呢。」
芙拉托緹在小賣店買類似炸雞塊之類的食物，邊用手抓著吃邊表示。

「噢，即使亞軍都有不少獎金啊。」

「可是，這種心情的鬆懈有可能會造成落敗喔。到了決賽，敵人理論上也會十分難纏。」

如果到決賽都故技重施，使用無限段的話也很無聊。

然後，到了決賽的時間。

萊卡，應該說武史萊小姐的敵人是全身穿戴板甲的劍士。

「老夫是人稱染血的甲冑，本州府最強的劍士多姆雷米！區區史萊姆的攻擊，在老朽昂貴的甲冑面前都無能為力！老夫絕對不可能摔跤！就算真的摔跤，甲冑也很沉重，不會因為下段攻擊而浮空！因此以踢腿導致浮空，趁毫無防備之際再以踢腿浮空的連續攻擊是不可能的！」

連觀眾都附和「對喔，只要別摔跤就沒問題了。」「看來史萊姆使者也要陷入危機啦。」拜託，除了無限段以外還有其他招式吧。

「而且這場武術大賽，雖然禁止對參賽者使用刀劍，但對參賽者本人以外倒是可以使出任何攻擊手段！亦即可以不用木劍，而是以鋼劍攻擊史萊姆！怎麼樣！面臨危機了吧！」

哇咧……武史萊小姐，如果一不小心會受重傷吧……

「那麼，武史萊會怎麼應對呢？」

「武史萊小姐終究是武鬥家，所以只會反覆揮拳踢腿戰鬥吧。基本上應該不會變。」

好像無論如何，唯有連續下踢特別顯眼。但總而言之，正因為憑踢腿對敵人造成傷害才能分出勝負，這一點應該能看出日積月累的鍛鍊成果。

「即使是我參加的武術大賽，武史萊小姐依然會正面迎戰，甚至還要求拜我為師，她身為武鬥家倒是很認真。雖然對錢斤斤計較。」

「這麼說來，終於可以見到武史萊身為武鬥家的本質了吧。好，那就讓我好好見識一番吧。」

對啊，畢竟之前都不太清楚她的實力呢。

成為別西卜的徒弟後，武史萊小姐究竟變得多強，這可是觀察的好機會。

敵方名叫多姆雷米的劍士口若懸河地滔滔不絕，另一方面萊卡與武史萊小姐卻沉默不語。萊卡與之前一樣手扠胸前。

意思是早已決定要做什麼了嗎？

然後裁判宣告比賽開始。

武史萊小姐蹦蹦跳跳，接近甲冑劍士。

移動方式雖然有點蠢，但一直在縮短距離，代表很有幹勁。

眾人都緊張屏息地注視會有多麼激烈的大戰。

「史萊姆使者，不好意思，老夫要將妳的史萊姆砍成兩半！嘿呀——！」
甲冑劍士多姆雷米以劍一劈。
端夭夭～
伴隨不知何處傳來讓人無力的聲音，武史萊小姐的史萊姆一跳，躲過這一劍。
不，這並非躲避。
而是直接朝甲冑衝過去。
「突擊嗎！果然是武鬥家！」
我忍不住高喊。
不過，情況有些怪異。
只見史萊姆的身體滑溜溜地鑽進甲冑的縫隙。
「哎、哎呀……？這是，怎麼回事……」
沒多久，就在完全看不見史萊姆的身體之際，甲冑騎士卻露出痛苦的模樣。
「嗚……無法……呼吸了……啊嘎嘎嘎嘎……………」
甲冑騎士就這樣直接倒地。
然後武史萊小姐的史萊姆變形成軟趴趴的形狀，同時再度從甲冑的縫隙鑽出來。
即使裁判一臉愕然，依然宣布萊卡勝利。
隨著比賽結果揭曉，會場也響起歡呼聲。

「原來如此。武史萊可能緊緊貼住騎士的臉，讓對手呼吸困難吧。漂亮的作戰勝利。」

芙拉托緹雖然一臉『真有兩下子』的表情，我卻無法接受。

「這和武鬥一點關係也沒有吧！」

◇

十天後，恢復人類模樣的武史萊小姐穿著感覺十分昂貴的衣服，來到高原之家。脖子上也圍著看似昂貴的皮草飾品。

「哎呀～上次真是多虧萊卡小姐的照顧，也因此賺進了一大筆錢呢。啊，這是一點小意思，是純銀的湯匙套組。不嫌棄的話，敬請笑納。哈哈哈～」

「身為武鬥家，也太沾染俗氣了吧！」

另一方面，萊卡一如往常，露出認真的表情。

「武史萊小姐，還能陪吾人一起特訓嗎？」

「啊～不過我還帶了高級什錦水果來，一邊享用一邊喝杯茶如何？特訓等吃完後再進行個五分鐘左右。」

慘了！她的表情已經完全沒有立志追求武道的神色了！

「我可是有座右銘喔。就是『追求金錢，如此一來自然就會獲得力量』。」

「就算妳說的好像很帥，依然差勁透頂！」

如果萊卡想拜武史萊小姐為師的話，到時候可要盡全力阻止……

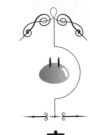

去海邊游泳

即使是在高原之家的四周，也有一定的四季之分。

話雖如此，位處高原使得夏季宜人，也不會堆積厚厚的積雪，因此不覺得特別不便。

反正如果環境太嚴苛的話，桑朵拉也無法生活，也採集不到魔女必需藥品的花草原料。

在這一方面，讓我轉世成為魔女的女神大人可能幫我考慮過了吧。雖然她看起來非常散漫，可能是隨便安排的也不一定……

話雖如此，畢竟是在高原上，每當到了冬天，早晚的驟冷十分劇烈……

影響從許多地方都看得出來。比方說——

「那麼，吾人外出前去特訓了！」

如此表示並走出房間的萊卡，

「吾人回來了……」

She continued destroy slime for 300 years

五分鐘後就跑回來了。

好快。也太快了。再怎麼說，也該多持續一下吧……

「怎麼這麼沒用啊。紅龍真是沒有毅力耶，我芙拉托緹可是活力十足呢！」

芙拉托緹手扠腰高傲地表示，但妳是因為種族因素，才不怕寒冷吧。總覺得有點滑頭。

「話說回來，有句俗諺說笨蛋不會感冒呢。」

萊卡準確地挖苦。

「妳、妳說什麼！對、對啦……這句諺語是見到藍龍的人類發明的，但是不准說這種話！」

原來是出自藍龍啊！那麼與其說挖苦，難道是單純陳述事實!?

「這麼說來，藍龍的確不太會罹患感冒之類呢。」

「是的，主人。因為藍龍很有活力，即使大冬天喝酒直接躺在路邊睡覺，都還活蹦亂跳呢。」

可以栩栩如生地想像這幅景象。

「藍龍極少罹患感冒呢。如果罹患了，頂多覺得可能有什麼異狀之類，去讓醫生看看而已。」

「拜託，一般就算感冒也會去看醫生吧……」

一與芙拉托緹聊天，連我都逐漸混亂了。

「亞梓莎大人，這種寒冷時期前往位於火山的溫泉如何呢？」

萊卡說出有趣的提議。

隆冬泡溫泉嗎？不錯耶，雖然盛夏的溫泉還是一樣棒。

可是在場的芙拉托緹卻加以妨礙。

「如果溫暖的地方就好，那只要去南邊多半都很溫暖吧。若是大陸南方，連這種時期的水溫都可以讓人類在海中游泳喔。」

「溫泉不是很好嗎？不要挑毛病好不好。」

萊卡雖然露出不悅的表情，但我對芙拉托緹這番話倒是很感興趣。

「海邊嗎？好久沒有去了呢。應該說，之前去松樹妖精蜜絲姜媞那裡算是頭一次呢。」

原因也是因為我住在高原，高原距離海十分遙遠。

「主人，上一次的塔金村是漁港，這次要不要前往更南方的海邊游泳呢？雖然火山太熱，不過南方海濱連芙拉托緹也能享受喔！」

「哦，海水浴啊。我的好奇心計量表急遽上升呢。只不過……」

腦海中也立刻浮現擔憂。

「這個世界有泳裝嗎？也就是說，游泳時穿的衣服……」

如果是在日本製作的中世紀歐洲奇幻風格遊戲之類，女性角色都理所當然地穿著泳裝。即使本篇中沒有泳裝，不知為何在特典內都會穿。

那絕對是各種理由所致吧。

很難想像奇幻世界會有比基尼啦、學校泳裝啦，或是競技泳裝之類。話說回來，我從來沒調查過泳裝的歷史，說不定出乎意料地早就有了。

「啊~什麼啊。是這件事嗎？」

哦，從芙拉托緹的反應來看，肯定也有泳裝吧。既然都有類似即賣會的體系，這個世界其實滿接近現代的吧。

「擔心弄溼衣服的話，脫光光游泳就可以啦。沒有問題。」

「問題可大了！」

就是因為不想光著身子游泳，才會在意啦！

「裸泳實在太難為情了。拜託確實穿好泳裝……」

萊卡難為情地表示。

「啊……還真的有泳裝呢……」

得到了非常重要的資訊。

「所謂泳裝，是距今大約三百年前由人魚開發，即使沾溼都便於活動的全新材質。據說是由於女性人魚不喜歡陸地上的人類看見胸部而製作的。」

「算一算，是我剛來到這個世界的時候呢。」

我可能轉生到了一個剛剛好的時代呢。

「一開始是人魚為了人魚而製作的，但之後多了不少希望製作人類專用的委託，似乎才推廣開來。」

「哎呀，人魚真是各式各樣呢。這一點真是感激。這麼一來，海水浴也不是問題了。」

這時候法露法與夏露夏從走廊進入房間內。

「這番話夏露夏聽到了。」

夏露夏的耳朵真靈呢。

「法露法與夏露夏都想去海邊！想看看真正的海星！」

「對海非常有興趣。由於在之前的塔金村沒能看到海星。」

女兒們怎麼這麼推崇海星啊。

「看來非去南國享受海水浴不可了呢。」

於是我召集家人，進行表決。

「海嗎～提到大海，大姊，就是那個呢。辦案人員逼迫犯人吐實，從懸崖將犯人推下去的場所呢。」

「羅莎莉，那是非常局限性的知識喔。還有，應該不是推下去，而是犯人自己摔下去吧？辦案人員要是將人推下去，就只是單純的殺人犯吧……」

怎麼會有類似瞳鈴眼的概念啊。這個世界肯定沒有電視吧。

附帶一提，與其說有人抱持反對意見，其實是不感興趣。

「不太想受到海風吹拂呢。雖然還不到無法忍受的程度……」

對植物桑朵拉而言，的確不太適應海邊。

「雖然不是那麼感興趣，但能去就會去。」

哈爾卡拉是以森林為主場的精靈，對海不太感興趣。

這句話是幾乎不去時的說詞。

「反正不是強制參加。那麼想去的成員就去海邊逛逛，不想去的成員可以留下來看家嗎？」

「我又沒說我不去……我也要去！」

桑朵拉的態度也太傲嬌了。不過可以全家一起去，就是好事。

「能去的話我會去的～」

可能真的只有哈爾卡拉不來吧……

以結論而言，哈爾卡拉也來了。

◇

「有些野草在海邊生長，所以想來找找看。」

理由很正當。反正海水浴並非只限於真正想游泳的人享受。

我們乘坐化為龍型態的萊卡與芙拉托緹，以南方一處名叫布比崙的沙灘為目標。那一帶似乎最溫暖。以日本而言，大約相當於沖繩縣吧。

「亞梓莎大人，話說那處布比崙沙灘，似乎有很多人魚的泳裝店。首先得購買泳裝才能游泳呢。」

「的確。其實那裡才是起跑線呢。」

位於高原的南堤爾州完全沒有販售泳裝的店家，因為沒見過海的人占了壓倒性多數吧。

因此，有必要先買到泳裝。等買到再游泳。

「啊～空氣愈來愈溫暖了……感覺好討厭……」

芙拉托緹很有藍龍本色，似乎不太開心。

「此人說感覺好討厭，代表接近目的地了呢。很快就到了。」

對萊卡而言，芙拉托緹的反應變成氣壓計了嗎……

雖然是搭乘能高速移動的龍族之旅，但要飛到能夠游泳的南方國度，還是花費了不少時間，不過我們還是抵達了布比崙沙灘。

布比崙沙灘附近的市場販售不少海產。

也真的有人魚。

腳的部分完全呈現魚的模樣，以摩擦地面的方式移動。由於沒有人露出不可思議的表情，代表人魚就是這樣移動吧。

只不過，市場的內容有點問題。

——有賣海苔、鰹魚、烏賊、章魚、海膽、蝦子、海葵、海蛞蝓，各種海中生物的店。

——有賣釣魚用的釣具店。

——有專賣乾貨的店。

——有販售加工貝殼製成的胸針等飾品的店。

雖然有各式各樣的店家，卻沒有販售泳裝的店！

「奇怪……難道泳裝這麼稀有嗎？可是，釣具店旁邊怎麼會沒有販售可愛泳裝的店鋪……難道是在大賣場等處販售嗎……」

這會造成南國觀光就此結束。店鋪居然比想像中還缺乏……

不過，很有生意人特質又不怕生的哈爾卡拉向市場的阿姨詢問關於泳裝的事。碰到這種時候，還好有溝通力很強的家人。

「師傅大人，販賣泳裝的店最近不流行，所以似乎少了很多。雖然人魚有需求，但人魚是在海中的人魚專屬店鋪購買，因此好像幾乎不會在陸地上的市場販售。」

「咦，海水浴這種概念本身難道落伍了嗎……？這我可沒想到……」

「好歹有問到可能販售泳裝的店家，到那裡去看看吧。」

在這方面的行動果然夠迅速。扣掉做事隨便這一點，哈爾卡拉真是優秀。

這個世界的泳裝店是什麼樣子呢？是很時髦的店鋪嗎？

帶著雀躍的心情，我們來到這間店。

從掃帚到晒衣竿，任何日用品應有盡有的寧寧雜貨店。

與想像中差異好大！

真的假的？店門口倒是擺放了鍋子啦皮革袋之類的東西，但這裡真的也賣泳裝嗎？該不會只有賣像是撈網的東西吧……？

「真的沒有弄錯嗎……？」

桑朵拉也一臉驚愕。我也有類似的意見。

「不，毫無疑問就是這裡。剛才也打聽過店名了。不好意思，請問有人在嗎？」

哈爾卡拉一喊，後方隨即緩緩出現一位阿婆。

「來了來了，要找什麼呢？捕蠅紙？長柄勺？」

「不，請問有泳裝嗎？最好是可愛的泳裝。」

我頭一次見到有人要在販售捕蠅紙的店鋪買泳裝。

「啊～泳裝嗎？應該有吧。稍等一下。我現在去拿。」

「師傅大人，似乎確實有喔！」

「嗯……也對……」

這種店鋪，肯定不會拿出什麼正經的泳裝吧……

該不會頂多只有類似全身式的款式……

——不過卻驚喜地違反了我的期待。

阿婆拿出了紅色或黃色的鮮豔泳裝。

甚至還有小孩子穿的，附有輕飄飄裙子般的款式。

真的有泳裝耶！寧寧雜貨店，真有一套！

「雖然只有舊式的，怎麼樣？賣泳裝的店也快絕跡了呢。」

「師傅大人，如何呢？」

「完全沒有問題！就從這裡挑選吧！」

泳裝大多為比基尼款式。

似乎是因為開發泳裝的是人魚。對人魚而言，只要能遮住胸部就可以，不如說過度減少身體裸露反而比較怪異。

「那麼大家都穿比基尼款式吧。法露法、夏露夏與桑朵拉應該適合像裙子的款式。」

「主人，芙拉托緹光著身子也沒關係。」

「給我穿。」

不允許她不穿。

附帶一提，我讓羅莎莉選擇喜歡的泳裝，之後再以換裝魔法幫她將衣服變成泳裝。

「大姊，我好開心喔！」

「即使是幽靈也想打扮時髦呢。雖然可能無法游泳，不過就以妳自己的方式享受吧。」

「好的！我會以泳裝的模樣，到那邊找溺死者的靈魂之類聊聊天！」

好討厭的享受方式……

「我也不下海。因為我討厭海水。太陽很大，所以我要在沙灘上行光合作用。」

「嗯，桑朵拉也以自己的方式享受吧。」

我們家人對大海的門檻還真多呢。

由於沒有理想的更衣處，於是我們借用寧寧雜貨店的房間，換上泳裝。寧寧雜貨店，真是感謝您啊。

「話說啊，真沒想到會賣這麼多泳裝呢。還是有難得的日子哪。」

雜貨店阿婆十分驚訝。

「附帶一提，這間店最暢銷的商品是什麼呢？」

「這個啊，應該是受海風吹拂依然能茁壯的植物種子，以及連高處枝條都剪得到的修枝剪吧。」

真虧這間店有這麼齊全的泳裝呢……

◇

接著我們迅速前往海邊。

放眼望去幾乎沒有人。差不多等於由我們包下了，天氣明明這麼好。

難道海水浴熱潮真的在這個世界的人類之間退燒了嗎？不過對我們而言，只有好處沒壞處。

好，在這裡舉辦我們專屬的泳裝品評會吧。

首先是我的泳裝。普通地穿比基尼，很像大型溫水游泳池之類會見到的。

即使活了三百年肌膚依然漂亮，真是低調又超作弊的能力呢。

畢竟以前當社畜時肌膚都很差……沒辦法，畢竟累得過勞而死啊……我怕得根本不敢做什麼肌膚年齡檢測，更是絕對不敢穿比基尼之類……何況根本沒辦法休假去海邊……

由於話題愈來愈陰暗了，拉回來。

萊卡也穿比基尼。嗯，真可愛。

「這是吾人頭一次穿泳裝……不知道合不合適呢……？」

果然可能因為裸露較多，萊卡顯得十分難為情。

「該怎麼說呢，還好海邊的人氣低到沒有把妹男之類的分子出沒，可以放心呢。」

如果帶她到日本的海邊，肯定會被輕浮男人拐跑，無法純粹地享受海水浴吧（由於我沒有這類實際經驗，純屬個人想像）。

芙拉托緹也穿著比基尼。但因為她有尾巴，所以買了款式有些特殊的泳裝。

「雖然這裡很熱，不過穿這樣的話還算涼快，真是太好了。」

原來是這種問題喔。

「可以的話，還想再多脫一點。」

「不行喔。真的不可以。」

藍龍實在太野性十足了。

接著是羅莎莉，但她跑去找溺死者的靈魂聊天，所以不在……

羅莎莉的泳裝與我的很相似。由於她看見的都是比基尼，我以魔法幫她換裝成比基尼是最簡單的。

然後是其實很不想介紹的，哈爾卡拉。

「這件泳裝的胸口好緊喔……能不能想想辦法……？」

「我才不管！反正我不覺得緊所以懶得管！不會去問胸部更大的人啊⁉」

到底是什麼樣的進化過程才會需要這麼大的胸部啊。不對勁。這樣肯定有問題！

接下來是孩子們。

法露法與夏露夏穿著不同顏色的孩童款連身式泳裝，正在建造沙堡。事到如今其實不用再強調，不過好可愛。其他形容詞都不需要。

「後面也要蓋城門喔！」

「夏露夏負責挖兩道護城河。」

「從後方城門進入後，道路馬上呈現九十度轉彎，因此大軍會很難行動。」

「弓兵可以從這邊的箭樓攻擊準備橫渡護城河的敵人。」

城堡的建造方式也太正規了。

穿著同款泳裝的桑朵拉則一如其言，正在進行光合作用。

以普通人類比喻的話，就像享受溫泉的人露出的表情。

「啊，真不錯～這股日晒……營養遍布全身了呢～」

在海邊享受日晒也是醍醐味之一，這樣也不錯吧。

「好，要下水游泳的成員得確實做熱身操喔！小心腳別抽筋了！因為大多數海中意外都是疏忽造成的！」

我擺出家長的態度提醒大家。並且確實伸展阿基里斯腱。話說回來，這個世界沒有阿基里斯這號人物，那麼這條筋腱該怎麼稱呼呢……

「哈哈哈～師傅大人，您太杞人憂天了啦～海浪又不強，在這種地方怎麼可能溺水呢～」

哈爾卡拉，為什麼偏要高高豎起旗幟啊……？

「哈爾卡拉，我這麼說是為妳好，要確實做熱身操……精靈應該不習慣大海吧？」

「可是呢，小時候至少在河川裡游泳過喔。沒問題的啦。那麼，我要第一個下水囉！」

哈爾卡拉大跨步奔跑，朝大海衝去。

胸部在跑步過程中一直晃動。

神明啊，不好意思，我剛才忍不住心生嫉妒……那真的不是為了故意晃動胸部而左右擺動身體奔跑嗎……？

然後，哈爾卡拉進入水中。

「啊，冰涼得剛剛好呢。真舒服啊～稍微游一下啊啊啊啊啊啊啊啊啊啊啊啊啊啊啊啊啊啊啊啊啊啊啊啊啊啊啊啊啊啊！！！！」

結果爆出哈爾卡拉的尖叫聲。

「看，果然出事了！就因為沒有做熱身操！」

可是，區區腳抽筋就產生這種反應，也太誇張了吧。只見她當場按著右腳，同時蹦蹦跳跳。

「喂，哈爾卡拉，怎麼了嗎？快點，先暫時上岸再說……」

芙拉托緹前去救援哈爾卡拉。反正只不過腳浸了一點水而已，再怎麼說都不至於溺水，算是不幸中的大幸嗎？

就在芙拉托緹一進入海水中，

「嗚呀啊啊！！！！」

居然同樣發出尖叫！

「怎麼了!?發生什麼事了!?只知道發生了非比尋常的事情！」

「師傅大人！太危險了！絕對不可以進入海中！」

「主人，大海果然是可怕的地方……完全沒料到會遭遇這種慘況……」

嗯，看她們的反應，我一點也不打算下水。所以說，到頭來，究竟發生了什麼事？

「哈爾卡拉，嘗到教訓後，要記得做熱身操喔。知道嗎？」

「師傅大人，不好意思，與熱身操沒什麼關係。這是外部因素造成的……」

「外部因素是什麼意思？」

「水母……有好多好多的水母！不知道是被螫，還是被咬到，雖然不太清楚，但剛才遭受了水母的攻擊！」

啊……原來還有這種生命體啊……

我喚起三百多年前的記憶。享受海水浴時，水母是必須提高警覺的代表性生物之一。

鯊魚也很可怕，但根本沒機會碰到。

應該說，鯊魚經常出沒的地區本來就禁止游泳。

我也嘗試接近海水。

原來如此……仔細一瞧，海水中漂浮著泛白色透明物體。

而且數量多到數不清。

有如空氣中的塵埃，漂浮在整片海域。

「嗚嗚……之前在塔金村的海岸也被水母螫到，海水果然是天敵……」

芙拉托緹用力甩了甩腳。

「不過這次海水裡布滿了水母，與塔金村簡直天壤之別……」

「該不會海水浴退燒的原因，就是這些水母吧……」

海水本身呈現非常美麗的寶石綠色，但水母的數量卻多到離譜。

這已經形同彈幕射擊遊戲的狀態。而且與遊戲不一樣，要以處處受限的水中活動持續躲過水母，根本是不可能的……

哈爾卡拉與芙拉托緹在海邊將藥塗抹在紅腫的腳上。

還好哈爾卡拉發揮精靈十分了解配藥的特長，事先帶來專治蟲螫的藥膏。這方面倒是準備周全，但她還是沒有留意就下水呢……

「唔～好像腫起來了耶……這種該不會留下疼痛吧……」

「我最怕這種疼痛了……被揍的痛楚還比較好受一點……」

「總之，只不過被水母螫到算是不幸中的大幸。稍微靜養一段時間，應該就不會繼續惡化了。」

現在就稍微硬拗成正面思考吧。畢竟懊悔已經發生的事情一點幫助也沒有。

「看來非得放棄游泳才行了呢。」

萊卡眺望海水，同時嘆了一口氣。肯定毫無將水母一掃而空的方法吧。

這時候，夏露夏朝海水走去。

「危險，危險！海裡有水母啊！」

可是，夏露夏似乎早已了然於胸，從海浪退去的地方撿起某種東西，然後走回來。

是海裡的水母。

「只要抓頭的部分就不會被螫。而且這隻水母被浪打上岸後變弱，更可以放心。」

「是水母……不過處理的時候要小心喔……」

「這種水母名叫南海水母，在這種地方是十分常見的種類。看來有數量增加的傾向。」

「夏露夏真是博學呢。」

問題在於就算知道種類，也無法處理。只能在沙灘上玩耍了嗎？

「大家，都不要靠近海水。在水母不會漂來的沙灘上玩耍喔。」

「這麼一來，可能就很難找到海星先生了……法露法，覺得有點可惜……」

法露法一臉失落地低下頭去。

「法露法與夏露夏都想看海星吧。」

即使想看，也沒辦法進入這片海域。這與史萊姆可不一樣。

這時候羅莎莉漂浮在水中回來。該不會變成只有羅莎莉可以進入海中吧……？雖然這樣算不算入水有點微妙。

「哎呀，溺死果然很痛苦呢。真慶幸自己不是溺死的。」

剛才她似乎真的跑去找溺死者聊天……

「羅莎莉可能不受影響，但我們因為水母的關係，看來得在沙灘上乾瞪眼了。」

「欸，這樣很可惜呢。那邊還有個洞窟，非常適合探險，但中途必須穿越有大量水母的海岸。」

「這就有難度了呢。就算讓萊卡與芙拉托緹變成龍型態，也因為尺寸問題而行動不靈活……」

即使真的能去，也沒有探險的氣氛吧。只要沿著海岸前進，明明連海星都找得到……

「淹死的屍體經常被拍打進那座洞窟，相當熱鬧喔！」

「這是對幽靈而言才熱鬧吧……算了，還是不用了……」

然後羅莎莉朝洞窟飛過去。這種時候，幽靈的能力真方便。

「夏露夏，再繼續建造沙堡吧。」

「知道了，姊姊。夏露夏開始建設副城。」

只能讓女兒們享受建造城堡的樂趣了。

另一方面，我們這些年紀較大的做什麼呢——

「乾脆睡個覺吧。」

我在沙灘上一躺。

偶爾像這樣在海邊懶懶散散也不錯吧。這樣不錯，真的不錯。

「師傅大人，要進入放棄模式嗎？不過這也沒辦法呢。腳又很痛，乾脆睡覺。」

哈爾卡拉也跟著躺在沙灘上。

「這種休假偶爾也不錯呢。單純，純粹，腦袋放空。消除壓力～」

「對啊～當成隆冬的休假也別有一番風趣。」

「咦～可是在家裡也可以無所事事啊。」

「機會難得，要不要多活動一下身體？」

兩隻龍似乎還不太能接受。因為她們平常就精力過剩吧。

「萊卡，這種時間也是必要的。太過忙碌可不行喔。」

「師傅大人說得沒錯。別著急，以自己的步調進行吧。」

這才是休假真正的運用方式。即使不下水也可以玩耍。

「唔～那吾人去沙灘跑跑步。」

「芙拉托緹去市場之類看看。」

「嗯，妳們兩人都慢走喔～」

度過的方式因人而異，其實這樣也不錯。就讓她們隨意使用時間吧。

就這樣腦袋放空，躺了一段時間後，哈爾卡拉輕輕戳了戳我的手臂。

「還醒著嗎，師傅大人？」

「嗯，醒著啊。雖然出了些小插曲，但我很享受呢。」

「不過，如果大家能一起下水玩耍的話，那就更好了呢。」

哈爾卡拉的聲音比平時老成。有當社長時的氣氛。

「我明明已經盡可能不去想這件事，還是被看穿了嗎？」

沒辦法。高原魔女也不是全知全能的，有時候難免撲空。失敗就接受自己失敗的事實吧。

「原本打算讓女兒與萊卡體驗在海水裡玩耍之類。雖然不是什麼精采的活動，但是留下這種回憶才是重點。」

曾經過勞死的我，也留下許多『早知道當初就多那樣就好』之類的懊悔。雖然目前慢活已經得心應手，但還是想讓家人度過充實的時光。

孩提時代，我也因為父母忙於工作，一直沒什麼機會去海邊等地玩……老是被告誡一個人很危險，所以不能去。

「不過，我也想不到該如何解決呢。不好意思老調重彈了。」

「不會，沒關係。之後找個水母較少的水邊，找找海星吧。」

這時候，羅莎莉再度回來。不知是否多心，速度有一點快。

「大姊，有認識的人喔！」
「反正肯定是與幽靈相關的人物吧？」
「不，是水滴妖精悠芙芙小姐。」
這個名字我完全想像不到。
「悠芙芙媽媽印象中，不是應該在距離山林更近的地方嗎？」
畢竟她的家也在瀑布附近。山林好像潮溼的場所比較多。
「洞窟中有水在滴，幾處地方顯得潮溼，結果就發現她在那裡。聽說是偶爾想在海邊度假的關係。」
「度假應該不是在海邊的潮溼地帶度過吧。」
如果帶情人到那種地方，可能會引發分手。不如說還會擔心遇害吧。
不過，悠芙芙媽媽的存在，倒是化為原本略顯停滯氣氛的引爆劑。
應該說，悠芙芙媽媽已經在場了。
不知何時，她已經出現在羅莎莉身旁。比幽靈還神出鬼沒。
「呵呵呵，各位，好久不見呀。在這裡相遇真是巧合呢～」
「我也嚇了一跳。竟然有這麼不可思議的事情呢。話說，悠芙芙媽媽也穿泳裝呢……」
妖精悠芙芙媽媽也穿比基尼。而且，胸部超級、超級大，簡直大得離譜。這已經超越犯罪的等級，根本就是犯罪了吧。

由於差距太大，甚至都感受不到嫉妒的心情了……

「因為啊，提到海邊果然還是泳裝吧？在洞窟中的滴水處好好享受了一番呢。有各式各樣的生物，像是螃蟹或蝦虎魚之類喔。」

老實說，我覺得她與比基尼不太搭配。

「在光線幾乎照不到的地方，聽著水滴滴答答滴落的聲音，很棒喔。這是自然演奏的音樂呢～」

「嗯……每個人的感性都不同呢……」

為什麼會去那種詭異場所的人，個性會如此開朗呢。

「話說回來，妳們大家都分頭行動呢。亞梓莎，感覺妳也是帶著女兒的媽媽喔。」

這一點似乎也一下子就被悠芙芙媽媽看穿了。

「其實是因為有大量水母……」

我簡明扼要地說明原委。話雖如此，其實事情概括而言，就是有水母導致海水浴中止罷了。

「啊～水母似乎很麻煩呢。聽說牠們大量聚集在淺灘，害人沒辦法進行海水浴喔。」

「難怪泳裝也會賣不出去……」

話雖如此，既然與認識的對象重逢，就閒話家常吧。

大家在市場散散步也不錯。

不過，這時候悠芙芙媽媽帶來意外的資訊。

「如果讓水母稍微讓開的話，倒也不是做不到喔。」

「咦，悠芙芙媽媽，這是真的嗎？」

這可聽到了好事喔。難道是使用什麼魔法，一口氣驅逐水母嗎？不過，水母也算生物，我可不喜歡無謂的殺生。

「我認識水母妖精，所以幫妳問問看吧。」

「妖精的世界還真是無奇不有耶！」

這也太奇怪了……提到妖精，基本上不是火啊風啊之類嗎？水母妖精豈不是代表管轄範圍變成生物了……

「其實沒什麼好大驚小怪的喔。看，妳的史萊姆妖精女兒，不就是水屬性的妖精嗎？」

「……噢，對喔。因為史萊姆的身體絕大多數是水啊──哎呀？」

這時我想到史萊姆與水母的某種共通點。

悠芙芙媽媽也露出「沒錯，就是這樣」的表情。

「水母的身體幾乎都是以水形成的。所以也有水母妖精。只要拜託她，她就會幫忙解決。」

『她』代表水母妖精也是女孩子嗎。

「附帶一提，水母妖精小姐要如何聯絡呢？」

「呼喚認識的妖精很簡單喔。稍等一下。」

說到這裡，悠芙芙媽媽突然消失。

然後，過了大約十五秒。

長髮女孩隨著悠芙芙媽媽一同出現。

另外黑髮幾乎遮住了左眼，還有一點幽靈的感覺呢。至少缺乏開朗的印象。

「哈囉，我是水母妖精裘雅莉娜，各位好。」

聲音也幾乎沒什麼氣勢，但與其說陰暗，倒是給人我行我素的印象，背上還背著一個像是大背包的東西。

「妳好，我是高原魔女亞梓莎。是這位水滴妖精悠芙芙小姐的——」

「——女兒。」悠芙芙媽媽答腔。不知道原委的人聽了可能會感到混亂，但裘雅莉

© Benio

娜小姐並未說什麼。

之後也讓哈爾卡拉、羅莎莉，以及建造沙堡的兩個女兒與桑朵拉向她打招呼。兩隻龍倒是還沒回來。

「裘雅莉娜呢，在全國各地旅行喔。是流浪畫家。」

悠芙芙媽媽如此介紹。

「是的。我在世界各地晃蕩，繪畫然後販售，賺取金錢，充作旅行資金。」

原本心想這種生活方式還真是自由，但隨心所欲獨自旅行，也可以說完全就是水母的生活方式。

「話說回來，請問妳畫的是什麼樣的畫呢？」

「要看嗎？」

說著，裘雅莉娜小姐將背包放在沙灘上。畫是裝在背包裡嗎？

第一張畫是小孩子一臉陰暗表情，坐在鞦韆上。

背景塗得特別黑，所以看起來相當詭異……

第二張是在街上做生意的阿姨，一臉陰沉地低下頭去。

第三張則是牧羊男表情陰暗地追逐羊群的畫。

「所有畫都十分陰鬱，究竟是為什麼呢!?」

「我想表現世界原本的模樣，結果就變成這樣了。」

或許藝術性很高，但實在不想裝飾在房間裡耶……

「另外由於畫風陰暗，完全賣不出去。」

「果然嗎！」

「話說，」

裘雅莉娜主動切入正題。

「我是被悠芙芙呼喚才來的。請問有什麼事嗎？」

對喔，還沒告訴她目的。

「這個，我們原本是想在海邊玩水才來的，但是水母太多了無法游泳。能不能幫忙暫時挪開水母呢？」

或許這個問題對水母妖精而言很沒禮貌，但不開口就是無助於解決問題。

「這件事情，並不是做不到。可是，非常麻煩。」

是這樣的啊，她沒辦法自由操縱水母。

「由於必須拜託波浪妖精，產生讓水母不會累積在同一處的水流才行。」

「原來無法直接操縱水母本身喔！」

「是的。水母什麼都不想，只會隨波逐流而已，因此以心電感應號召也毫無效果。」

那麼，找來水母妖精裘雅莉娜小姐，不就毫無意義了嗎……當初就該拜託波浪妖精才對……

連悠芙芙媽媽都伸出舌頭，一臉『拍謝』的模樣。包含這方面在內，妖精都很馬虎。

「話說回來，袞雅莉娜小姐能給予水母什麼樣的影響呢？」

「…………為了當水母的模範，我一直過著流浪生活。」

這肯定不會造成影響吧。

哈爾卡拉主動與我交頭接耳。

「師傅大人，這個人有點可疑喔……真的不要緊嗎……？」

話雖如此，既然來了也沒辦法，只能讓她設法解決了。

「欸，袞雅莉娜不是曾經讓水母發光嗎？」

「噢，對喔。」

在悠芙芙媽媽提醒下，袞雅莉娜小姐露出同意的表情。為什麼要讓別人指導自己的能力啊。

「不過，最近忘記怎麼使用了，等想起來再說。」

……她該不會快被開除，剝奪水母妖精的頭銜了吧。雖然可能連開除這種概念都沒有。

「我現在去拜託波浪妖精。」

嗯，對我而言，只要水母能讓開就夠了。
「取而代之，我有條件。」
「哇咧……究竟是什麼條件呢？」
像這種不知道在想什麼的人提出的條件，都有一絲恐怖。
「請妳當我繪畫的模特兒。」
這個要求一點也不像妖精。
「好的。這樣的要求我接受……」
「感謝。」
結果，裘雅莉娜小姐頓時消失無蹤。
「這女孩很有趣吧？呵呵呵～」
悠芙芙媽媽心胸寬廣，因此似乎也疼愛那種類型的人。
「她有獨特的感性呢……雖然很有水母妖精的感覺……」
期間內萊卡與芙拉托緹也回來了，於是我說明原委。
「唔。什麼都沒想就踏上旅途的妖精嗎，光聽就覺得好像很笨呢。」
「說不定與妳很談得來喔。」
萊卡向芙拉托緹如此表示，但我覺得應該談不來。她與芙拉托緹是不同類型的人。

然後，過了三十分鐘。

裘雅莉娜小姐再度突然出現。

「哎呀，花了好多時間呢～」

「原本想去拜託波浪妖精，結果弄錯跑到瀑布妖精那裡去了。」

這個妖精真的很馬虎耶！

「結果對方端出了茶，沒辦法馬上離開，因此花了不少時間。與波浪妖精交涉的結果，以捶肩膀三分鐘的代價成交，所以敬請放心吧。」

「原來操縱海水的效果，只要捶肩膀三分鐘就夠了啊！」

大海可以這麼輕易操縱嗎……

「由於彼此都是妖精，所以捶肩膀三分鐘就夠了。若是人類拜託的話，可能會開出捶肩膀三萬小時的條件呢。」

這樣會捶壞肩膀吧。

「所以說，接下來要移動水母了，請稍候。」

裘雅莉娜小姐面向大海，拍了拍手。

然後波浪的晃動逐漸產生變化。

緊接著，水母也逐漸像是往左右退讓地開始移動。

簡直就像摩西開海，形成一片完全沒有水母的空間。

水母的密度在邊緣變高，看起來十分擁擠，但這是水母妖精造成的，應該沒有關係吧。中央部分的水母則消失無蹤。

「那麼，請盡情玩水吧。」

雖然個性天然，但似乎是好人。況且她似乎也與悠芙芙媽媽關係良好。

「非常感謝妳。我們會充分享受大海的。」

法露法與夏露夏已經奔向海邊。

「海水，好舒服喔～！」

「母親般的大海。豐收的大海。向罪人公布罪名，使其付出代價之海……」

夏露夏，唯有最後一項不太對頭吧。

哈爾卡拉輕飄飄地浮在水面上。

「啊，真是懷念呢。夏天就該像這樣漂浮在河川上。」

原來還有這種夏季風情畫喔。

「曾經因為太舒服而睡著，結果直接被沖到下游去呢～」

哈爾卡拉，拜託妳多珍惜性命吧。總覺得比起配藥，還有更重要的事情。

萊卡與芙拉托緹以游泳競速。兩人都學會了自由式。

「吾人比較快呢！」

「不，是我芙拉托緹比較快！」

到頭來，兩人都老老實實地相互較勁。這一點倒是值得稱讚。

「媽媽，找到海星先生了喔！」

「竟然有這種形狀的生物，是大海的神祕。」

兩個女兒似乎也找到了朝思暮想的海星。

「恭喜妳！太好了呢！大海好玩嗎？」

「好玩！」

「比起好玩更感興趣。是與高原完全不一樣的生態系。」

兩人的眼神都閃閃發光。光是看到她們的眼神，來這一趟就值了。

「話說妳們兩人會游泳嗎？」

她們同一時間搖了搖頭。

「那媽媽教妳們游。首先將臉浸在水中，練習睜開眼睛喔！」

雖然完全沒有教練資格，但還是以我自己的方式教游泳。我扶著她們的手，讓她們練習打水。

法露法很快就掌握訣竅，學會了以打水游泳十公尺左右。

不過，夏露夏倒是一下子就沉下去。雙胞胎連這方面都不一樣啊。

「嗚嗚……身體撞到了水……」

「因為害怕水，身體才會僵硬。夏露夏要再放鬆一點。」

「說起來很簡單，做起來卻很難……」

即使吸收速度有差，但只要掌握一次感覺，應該就會學會游泳了。

現在，我正在盡到十足母性的責任！

這時候悠芙芙媽媽也加進來。

「能讓我也加入嗎～」

悠芙芙媽媽朝我潑水。雖然很想喊「居然潑我，回潑妳！」和她打水仗，但我還扶著夏露夏的雙手，所以無法反擊！

「嘿喲嘿喲～！攻擊、攻擊！」

「悠芙芙媽媽，這樣很賊喔！一點也不公平耶～！」

「不過，其實妳很享受吧。」

畢竟這種機會很難得啊。

該怎麼說呢，我好像明白沒有靠海的縣民嚮往大海的心情了。

我則是在沒有靠海的高原生活了三百年呢。

不遠處的芙拉托緹以雙手交叉捧住當中的水，『咻～』地潑向萊卡。雖然是僅以手使出的招式，但很有龍族的威力，水勢堪比雷射般飛濺出去。

「萊卡，接招吧！這是水炮攻擊！」

「這點程度，根本就不算什麼。」

萊卡吐出火炎，讓海水蒸發。

「哪有這樣的！要以水對抗水吧！」

「妳沒有權力單方面決定規則。」

大家都在暢玩大海呢，這樣非常好。

不過，基於立場，我的視野必須更加寬闊才行。

沒辦法進入海中的桑朵拉在做什麼呢。不要緊吧。

桑朵拉與羅莎莉、裘雅莉娜小姐正一起窸窸窣窣做些什麼。

潛入沙中的桑朵拉探出頭來。

「太好了！發現大貝殼！」

「哦，很有才能呢。附帶一提，這底下還有更大的貝殼喔。剛才潛下去看過了。」

「只要有我與羅莎莉，就能將貝殼採光光呢。」

她們的確是採集貝類的最強拍檔，但可別真的採光啊……

「妳叫裘雅莉娜吧，妳挖得太漫無計畫了。挖到哪裡算哪裡也不是這樣的。」

「漫無計畫就是我的生活方式。」

裘雅莉娜真的隨便在沙灘上淺淺地挖掘。即使以外行人的眼光，也知道這樣多半什麼都挖不到。

「幸好即使無法下水，也能玩得很開心呢。」

我也蹲在桑朵拉的旁邊。

「海邊也很棒呢。雖然住在這裡就免了，但是偶爾前來也不錯。」

好好好，我知道妳很傲嬌。

即使我撫摸她的頭，今天她也沒有抗拒。

「看吧。沒多久，孩子們也會對追波逐浪感到興趣而前來。」

是指法露法與夏露夏嗎？雖然妳的外表是最年幼的。

然後，兩人果然一如她所說前來。

首先是法露法，接著夏露夏晚了一步前來。

「法露法也想玩玩看，玩玩看！」

「在這片沙中也有生物。真是不可思議。」

帶家人玩海水浴的任務，看來我完美地達成了。不知為何，有種肩膀的負荷頓時減輕的感覺。

以前有一段時間，盛行過『家人服務』這個詞。

雖然與單身的我沒什麼關係，但我知道概念。

目前的我還沒有服務這種意識，覺得最好包含我在內，大家一起開心享受比較好，今後也打算繼續這樣。

服務這個詞有效勞的意思。我覺得這個概念原本就不適合家人。這樣豈不是變成全家去海邊或出遊，是一件很討厭的事情嗎？

不過，希望女兒們或家人更加開心地玩耍，這種心情是貨真價實的。

高原之家的慢活實在缺乏變化。往好的方面說是悠哉。往壞的方面說，就變成無聊了。

所以要加入這種活動，以免大家感到無聊。

我再度回到海中。

芙拉托緹潛入海裡，抓住海膽大喊「採集到啦～！」

「話說，這裡沒有規劃漁業權嗎……？」

「亞梓莎大人，那種海膽有毒，外型又小，所以可以自由採集。吾人在來之前調查過了。另外只要去除有毒性的部分，就可以食用。」

「萊卡，妳真的太優等了……」

「法露法也要潛水，潛水！」

「好，跟著我芙拉托緹吧！」

「若是潛水的話，夏露夏也學會了。」
大家從中途就切換成尋找食材的方向了耶。
不過，這樣也可以獲得成就感，其實也不壞。

玩著玩著，天色完全暗了下來。
真的似乎忘記了時間流逝呢。
「差不多該結束囉。身體也快泡水泡脹了呢。」
我在海水中如此表示後，卻發生出乎意料的事情。
在我們兩側的海水閃耀著繽紛燦爛的光芒。
簡直就像聖誕燈飾一樣。
「真是漂亮呢……」
「好浪漫喔～」
萊卡與悠芙芙媽媽都看得入迷。真是驚喜的意外。
當然，這個世界可沒有什麼聖誕燈飾。
那麼，這究竟是什麼呢？
站在海邊的裘雅莉娜小姐，將雙手分別朝海面平舉。
「我想起來讓水母發光的方法了。如何呢？」

眼前的光景非常鮮明，而且還帶有幾分柔和，真的堪稱完美。

「水母或許是微不足道的生物，但如果能讓人偶爾想起它就好了。」

很有水母妖精風格的總結方式呢。

「謝謝妳，裘雅莉娜小姐。多虧妳讓我們過了最棒的一天。」

「若是這種程度的話，其實不足掛齒。」

果然該結交像妖精這種偉大的朋友呢，因為她們能輕易引發這種奇蹟。

這時候，一臉擔憂的萊卡前來。

「這個，吾人也是剛剛才發現……」

「嗯，什麼事？有什麼問題嗎？」

「從很久之前就沒看到哈爾卡拉小姐了呢……」

話說回來，自從她進入海中輕飄飄浮在水面上之後，就不記得見過她了。

化為龍的萊卡與芙拉托緹搜索後，結果在海面上發現了哈爾卡拉。

「好可怕……醒來之後，發現四周都是海……還有類似鯊魚的東西接近……」

「從下次開始禁止在海面上睡覺……」

於是，在海邊的一天（由於救到了哈爾卡拉）平安落幕。

我們所有人回到沙灘後，水母再度發出柔和的光芒同時擴散。

「雖然無法游泳，但這種發光也不錯呢～偶爾讓水母發光如何？」

悠芙芙媽媽向裘雅莉娜小姐提出某些建議。

「是可以，但是有什麼意義嗎？」

這時候，居住在海邊的人們聚集而來。

眾人視線的彼端是閃閃發光的海面。

對喔，這是異常現象呢。

「好厲害，好厲害！」「超漂亮的耶！」「肯定可以當成觀光資源！」

啊！即使無法進行海水浴，但如果有人來看這片水母的光景，當地就能雨露均霑！

「機會難得，僅在假日也無妨，讓水母發光吧。雖然對水母沒有惡意，但水母造成困擾是事實。」

「也對。既然悠芙芙小姐這麼說，那就這麼辦。」

太好了，太好了。能對這座城鎮付出貢獻的話，就是好事。

好啦，今天就在這座港鎮的旅館下榻吧。難得來一趟，想嘗嘗海鮮呢。

裘雅莉娜小姐拍了拍我的肩膀。

「那麼，依照約定，麻煩妳囉。」

約定？什麼意思啊。

「請當我的繪畫模特兒。」

我完全忘記了。得完成這項責任才行……

「是可以，但穿著泳裝很難為情，可以下次來到高原之家嗎？」

「好的，這樣可以。」

◇

幾天後。

裘雅莉娜小姐毫無前兆，登門拜訪。

她那飄忽不定的行動，果然很像水母精靈呢。

「不會花什麼時間的，請多多指教。請坐在椅子上。」

既然她這麼說就只好照辦。一如她所言，不用坐在椅子上好幾個小時。大約坐了十五分鐘後，她就表示掌握了大致上的氣氛。

取而代之，不只是我而已，其他家人也被要求當模特兒。

反正這種機會不多見，應該不是壞事。

「需要花一些時間才能完成，畫好後會再帶過來。先這樣。」

裘雅莉娜小姐就這樣突然離去。真是我行我素的人呢。今天可能也在這個國家的某處徘徊吧。

「媽媽，她會幫法露法畫得很可愛嗎～？」

「法露法非常可愛，她當然只能畫得很可愛囉。」

雖然這句話是顯而易見的溺愛女兒，不過實際上，還不知道成品會如何。

然後，過了一個月。

就在寒意更上一層樓之時，裘雅莉娜小姐忽然與悠芙芙媽媽一同前來。

當天正好連別西卜與佩克拉兩名魔族成員都（自己跑來）用餐，因此形成超級大家族。

「由於繪畫數量很多，有寬廣空間的話能借用一下嗎？我掛出來展示。」

「那麼，走廊後方倒是有空位，利用那裡吧。」

這棟房子內附有舉辦咖啡廳『魔女之家』時使用的木屋區空間，是萊卡破壞了我原本的房子一部分之後，重新建造的部分。

平時因為太過寬廣而閒置，洗好澡經過的時候還會覺得寒冷，但利用於這種活動正好。

就在吃完晚餐後，裘雅莉娜小姐前來表示已經準備完畢。

自己成為繪畫的主題真是緊張呢……

繪畫畫得非常好，可說是貨真價實的流浪畫家。

只不過——

每一張畫的我都露出非常陰鬱的表情！連背景都特別黑！

「好奇怪！我當模特兒時明明露出更開朗的表情吧！」

我明明應該笑容不斷，以免自己被畫得很陰暗才對！

「這是表現內在。內在。」

為什麼要重複一遍內在啊。

其他家人的繪畫也一樣。連法露法與夏露夏一起看書的畫，兩人都露出死魚眼，散發出不情願看書的感覺。

哈爾卡拉坐著的圖畫後方站著可怕的亡靈。不對，這個亡靈是……

「我才沒有這麼詭異呢！這真的不是會咒死人的幽靈嗎！」

羅莎莉出言抗議。果然畫的是羅莎莉嗎……

連萊卡下廚的畫，以及萊卡躺在床上的畫，都顯得特別難受。例如芙拉托緹的畫，看起來好像三十分鐘後就會死翹翹。

另外還裝飾了描繪我在摘草時的畫，而且我不記得自己擺過這種姿勢，但果然很可怕。

桑朵拉的繪畫則是從土壤伸出某人的手，這已經是喪屍了吧……

「太過分了……早知道會這樣，我才不當模特兒呢……」

桑朵拉也忍不住抗議。

她居然搞出這種飛機啊……

另一方面，佩克拉與別西卜爆笑不已。

「哎呀，真是優秀的繪畫哪。有股直逼內心的魄力！」

「雖然很抱歉，不過該說是姊姊大人的實力嗎，有表現出驚人的氣勢呢。」

妳們居然都以為事不關己……

「以前描繪的多半是哀愁，不過這次也擴展至恐怖。非常感謝妳。」

裘雅莉娜向我道謝。我都不知道自己在這種地方做出了貢獻。

「送妳一張作紀念，要嗎？」

「不用了，請隨便拿到其他地方去賣吧。」

不過，這個選項可能是錯的也說不定。

之後，裘雅莉娜小姐似乎在王都舉辦個展。

個展中，高原魔女之家系列的繪畫受到不錯的評價，據說在裘雅莉娜小姐的繪畫當中賣出破天荒的高價。

如果只有這樣也就算了，但果然掀起高原魔女是可怕人物的話題……

希望不會造成嚴重的聲譽受損……

這讓我覺得，也該思考認識的人會不會出名呢。

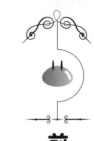

前往哈爾卡拉的故鄉

She continued destroy slime for 300 years

某一天晚餐後。

哈爾卡拉在飯廳的餐桌上，十分認真地閱讀文件。

這是經營者的表情呢。即使平時看起來十分馬虎，但她可是哈爾卡拉製藥的社長。

如果是底層員工，就變成帶工作回家做，可不是什麼好事。但是社長為了大問題而煩惱也是無可奈何，就睜一隻眼閉一隻眼吧。

過勞死基本上也經常發生在受人使喚的人身上，似乎是因為被迫工作的人與基於興趣工作（亦即經營者方）的壓力量級完全不一樣。

也對，如果基於興趣而工作，壓力也會變小一點，負擔同樣會減輕吧。當然如果一直削減睡眠時間，會對健康層面產生壞影響，所以不應該。

由於她似乎十分努力，於是我在廚房幫她泡杯茶後端來。

「來，喝香草茶吧。看妳十分投入呢。」

「啊，師傅大人，感謝您。由於這是會變成大型計畫的工作，才想在家裡仔細思考～」

我一端出茶後，哈爾卡拉隨即恢復平時半吊子的表情。

「附帶一提，究竟是什麼計畫？」

「由於目前的工廠已經上了軌道，覺得該正式在其他場所設立第二、第三工廠了。」

「原來如此，規模確實很大呢。」

如果要設立工廠，不僅需要龐大金額，規模變大也代表風險變大。如果持續赤字可不是開玩笑的。需要謹慎行事。

「已經有許多城鎮提出是否能設立新工廠的申請了呢。所以我收集了這一類資料，開始檢討。」

即使世界不一樣，在這方面也相同呢。

一旦會賺錢的公司工廠設立，也會增加鎮上的就業，稅收同樣會增加。由於好處很多，各地城鎮肯定會積極爭取吧。

「由於數量太多，目前還在文件審查的階段。排除條件有困難的申請。」

「聽起來好像偶像選拔呢……」

「比方說，這座城鎮附近沒有良好的馬路經過，因此太過耗費運輸費用。那座城鎮則是水質不適合。『營養酒』其他原料必須得有適度的硬水，但原則上是軟水。」

哦……好厲害的工作模式……

老實說，目前身為社會人士的哈爾卡拉，比起當社畜輕易過勞死的我更加了不起，因此我沒什麼意見。

「反正一旦難以抉擇，只要以『該選哪一個呢。依照森林妖精的指示』決定就好，所以沒差。」

「好隨便喔！可以這樣聽天由命嗎⁉」

提出申請的城鎮要是聽到了，會受到打擊吧。

「話雖如此，這種申請不算是履歷表。也就是光寫自己的好處，不會寫自己的缺點。不論決定在哪裡設廠，也很難說完全不會有任何重大問題。」

「意思是最後難以避免運氣成分嗎？也難怪，總不能同時在三十處地方設廠，再選出合格處吧。」

如果這是日本超商等級的規模，就可以一一設立，只要經營不善還能切割，但設立工廠就不能這樣了。

「當然，我會要求視察，但即使從層層篩選剩下來的地方挑選，還是一半靠運氣呢。」

「我明白妳的意思了，但如果妳靠運氣的話，總覺得不會發生什麼好事……」

由於見過她陷入多次危機，完全無法放心。

「拜託！我的運氣很好喔！否則工廠一年就倒閉了呢！」

「嗯……我想妳是有經營手腕。不過，運氣應該很差吧……」

不如說，她本人這麼毫無自覺才讓人驚訝。經歷那麼多危險居然還以為自己幸運，某種意義上，說不定她非常積極正面。

這說不定是好事。成功者的祕訣好像也包括「積極正面」。好像在上輩子的生活小技巧文章中看過。不對，注意力應該更強一點才對吧……

「師傅大人似乎還不太相信呢。那麼就向師傅大人證明，我的運氣其實很好吧！」

「要怎麼證明？」

難道有什麼檢測運氣好壞的道具嗎？

「我現在閉起眼睛，從這些申請文件中挑選一份！如果條件好的話就是我贏，不好的話就是師傅大人贏！」

「怎麼變成要一決勝負了啊!?」

「徒弟總有一天必須超越師傅才行！」

「呃，其實我沒什麼師傅的自覺耶……況且妳原本就是專家了……」

「之後，我絕對會去視察該份文件記載的位置。肯定是足以立刻拍板定案的好地方！」

「這方面就依照妳的喜好去做吧……」
「總之，我要挑選囉！究竟會挑到誰，究竟會挑到誰，究竟會挑到誰～♪」
居然還唱起了歌……
不知為何，我的腦海中浮現擲骰子者的光景。
哈爾卡拉閉起眼睛，窸窸窣窣翻找文件。
然後傳出清脆的喀噠一聲。
哈爾卡拉的手撞到了我剛才泡的香草茶杯子。
冒著熱氣的茶濺到哈爾卡拉的手。
「好燙好燙——！居然有這種陷阱！」
「馬上就面臨壞運氣了嘛！這肯定走霉運吧！根本連抽都不用抽！」
還是她自己決定規則，自己燙傷……這也太扯了……
「不，剛才那樣不算！究竟會挑到誰，究竟會挑到誰，究竟會挑到誰～♪上吧～！就是這個！」
然後哈爾卡拉從文件中挑選一份。
「好啦，究竟是哪一座城鎮呢。我看看，城鎮的名字是——」
哈爾卡拉確認地名欄。
然後小聲地喊了一聲「哇……」

雖然不知道是哪裡，但她這麼一喊的當下，就是我贏了吧。

「伏蘭特州的善枝侯國呢……位於王國內部的小型精靈國家……還是我的出生地……」

「哈爾卡拉是伏蘭特州出身的呢。」

這種情況下的侯國，與近代國家的意義不一樣，意思是由該領主治理之地的程度。

「而且……好巧不巧，是我誕生的故鄉小鎮……」

哈爾卡拉的表情比平時更加陰沉。

原本想說衣錦還鄉不是很好嗎，但哈爾卡拉在這方面的情況很複雜。

「記得妳是在遭到伏蘭特州放逐的形式下四處流浪，才來到這裡的吧？」

哈爾卡拉點點頭。

「沒錯。雖然是誤會，但當地認為我的性命遭受別西卜威脅後，就逼我離開……其實是因為害怕城鎮與國家遭受牽連，無可奈何的舉措，但對我而言一點都不開心。」

也對……

亦即哈爾卡拉誕生的故鄉，一判斷哈爾卡拉遭到魔族大人物別西卜的怨恨後，當機立斷獻出哈爾卡拉做為犧牲品。

絲毫沒有試圖保護過哈爾卡拉，比方說在對方拿出證據前拒絕引渡，或是堅持用本國法律制裁之類。

如果故鄉採取這種態度，就會知道別西卜怨恨哈爾卡拉完全是一場誤會，哈爾卡拉也不會四處漂泊了吧。

或許這是保護故鄉不受魔族襲擊的苦肉計。可是從問題解決後哈爾卡拉依然不肯回去，一直住在高原之家這一點也看得出她並不信任故鄉。

「是精靈的長老級人物，善枝侯親筆書寫的文件呢。真是的，居然敢向我提出設立新工廠的要求。雖然好歹有寫到上一次是他們太操之過急，還不停道歉呢。」

這裡倒是擺出成年人的態度，似乎確實道了歉。

「以前的事情就付諸流水，能不能再度在當地設立工廠，當地也有以前工作的作業員，效率理應比其他城鎮高——上頭還這麼寫呢。其實我心裡還是有芥蒂，但這方面卻也不無道理……」

既然已經有具備經驗者，從經營方角度來看也有好處。

「撇開設廠與否，難得回一次當地看看如何——居然寫這種內容呢。哎~~~~~~」

哈爾卡拉深深地、長長地嘆了一口氣。

然後沉默了一段時間。

由於涉及私人內容，我也無法隨口發表意見。總覺得在這個世界沒有故鄉的我，沒資格說三道四。

「總之，就回故鄉去看看吧。」

一臉舒暢表情的哈爾卡拉表示。

然後她的臉上浮現平時和緩的笑容。

「況且剛才也說過，要去選中的地方視察呢。我會遵守約定。」

「知道了。既然這是哈爾卡拉妳的決定，我也不會有任何意見。」

「所以既然機會難得，希望大家一起回故鄉去，如何呢？師傅大人各位能以旅行的心情前來就太好了。」

畢竟這不是開心地回老家探親，如果全家出動能緩和哈爾卡拉的緊張，那就再好不過了。

女兒們多半也純粹地喜歡旅行。

「嗯！那就大家一起前往伏蘭特州吧！」

「感謝師傅大人！那麼我就這樣回信囉！」

之後，我主動告知其他家人這件事，不過沒有任何人反對。

若說唯一擔心的對象，就是曼德拉草桑朵拉。

桑朵拉似乎不太喜歡配藥師居多的精靈土地，

「沒有人幫我澆水就麻煩了，所以我要跟去。」

卻還是一如往常，露出傲嬌的態度決定同行。

「妳啊，既然能活動的話，肯定可以幫自己澆水嘛——唔唔！」

眼看芙拉托緹快要講出大實話，我急忙以手摀住她的嘴。

碰到這種時候，桑朵拉肯定不會坦誠地表示「我想去」吧。

可是，有這種個性的孩子也不錯。我會確實接納這一點的。

◇

我們家族分別乘坐龍型態的萊卡與芙拉托緹，朝伏蘭特州出發。

我騎在萊卡身上。後方是法露法與夏露夏兩人。

「伏蘭特州別名森林州。州的大部分為森林，八成人口是妖精。這片精靈的土地通稱善枝侯國。」

在上空，夏露夏為我說明伏蘭特州的現狀。

「附帶一提，精靈的城鎮與人類城鎮有哪裡不一樣呢？」

「精靈幾乎不住在石屋或磚瓦屋，大多數為木造。」

這也難怪，既然居住在森林中，即使不是精靈也會以木頭蓋建築物吧。

「飲食部分與人類有共通之處，但也有精靈獨特的鄉土料理。不過難度相當高，最近精靈族似乎除了職業廚師以外完全不會製作。」

「謝謝妳，夏露夏。我隱約湧現印象了。」

「還有，在傳統的精靈住宅，進入室內要脫鞋。據說是因為居住在泥巴容易弄髒鞋子的地區。」

這一點倒是很像日本。

「夏露夏妹妹，有沒有適合著陸的地點呢？」

龍型態的萊卡詢問。

「吾人無法在放眼望去都是森林的土地降落。如果地圖在妳手邊的話，麻煩幫忙確認一下。」

龍就像飛機一樣，因此需要類似跑道的空間降落。

「萊卡真是膽小。我芙拉托緹在森林裡也可以迫降喔。以前在藍龍之間還曾經挑戰過膽量，比賽能在多麼危險的場所降落呢！」

「這種類似膽小鬼比賽的行為，絕對不可以做喔！」

騎在芙拉托緹身上的哈爾卡拉與桑朵拉會沒命的！

「主人，放心吧。今天我有小心安全駕駛，也沒有喝酒。」

很好很好。這樣應該可——

結果芙拉托緹飛在萊卡前頭。

「哼哼～我芙拉托緹比萊卡妳還要快！」

「比賽速度也不可以！這可是引發意外的因素，別鬧了！」

如果芙拉托緹生為日本人的話，應該會當飆車族……

至於降落地點的問題，夏露夏迅速翻了翻地圖。

「等看見伏蘭特州後，西邊有河川流經，附近有一片平坦的地勢。不遠處的小鎮有開往精靈城鎮的馬車，該處似乎還有馬車總站。」

「知道了！謝謝妳！」

目的地也清楚決定了呢。

「這等於在形同『通往精靈城鎮的入口』的人類城鎮降落呢。從該鎮的馬車總站搭乘『侯國交通局』二〇六路線的逆時針繞行馬車吧。如此就能抵達我的故鄉希嘉夏曼了。」

「哈爾卡拉，妳說二〇六，發車的馬車有這麼多嗎……？」

這路線也多的太離譜了吧？

「編號兩百的馬車是循環路線，編號一百為急行路線，一般路線為一位數或兩位數。因此編號一百與編號兩百都各只有九條路線。不過與一般路線加起來，總計大約有八十條路線。因為精靈多半搭乘馬車移動。」

這種體系好像公車喔……

總覺得與我想像中的精靈生活大相逕庭……

「附帶一提，除了侯國交通局的馬車以外，還有『伏蘭特交通』或『森林中馬車』等其他公司的馬車。從馬車的顏色就看得出來。『伏蘭特交通』為褐色，『森林中馬車』為紅色，『侯國交通局』則是綠色。」

「雖然大家應該都聽不懂，但還是讓我吐槽一下…………真的是公車喔！」

愈聽愈覺得，開往精靈城鎮的馬車就是公車嘛！

「還有，基本顏色依照公司不同會不一樣，但最近畫上宣傳圖案的彩繪馬車不斷增加，因此看車身側面也很難區分，甚至不看正面就無法區別。」

真的是公車耶！

「不，在人類土地上，有這種路線馬車行駛也不稀奇。只是因為高原之家附近太過悠哉而已～」

雖然真假不明，但是那一帶的確很鄉下，因此就算說幾乎沒有公車之類行經，多半也是對的。

我們大致上準時降落在位於伏蘭特州平坦地勢的人類城鎮附近。

依照哈爾卡拉的說明，前往馬車總站之處，見到大批馬車並排。

另外說是馬車，卻並非只有幾人乘坐的小型馬車。而是真的像日本公車一樣，足以讓許多人搭乘。這種情況下，會懷疑馬拉不拉得動，但名義上是馬車，卻由完全不同種類的魔獸拉動。

「夏露夏，那是什麼動物呢～？」

「姊姊，那叫比希摩斯。精靈已經完全將比希摩斯馴養成家畜，足以發揮馬的十五倍到三十倍力量。」

從一旁聽到女兒們的對話內容，我也得知那是什麼。原來根據地區不同，有各式各樣的風俗呢。

「二〇六路線逆時針繞行是在五號月臺。在那邊的大廳等待，很快就會來了。」

哈爾卡拉話剛說完，一輛側面寫著『二〇六經由西大通往北部總站』的馬車通過五號月臺，在其他月臺停下。

「喂，哈爾卡拉！跑到那邊去了！不是那一班嗎？」

「芙拉托緹小姐，不是的。那是順時針繞行的二〇六路線。原則上搭那班車也能抵達，但是非常花時間。所以必須搭乘逆時針繞行的才可以。」

「還真是麻煩呢……與我以前往的納斯庫堤鎮差好多……」

羅莎莉一臉心神不定的表情輕飄飄浮在空中。

「我們居住的納斯庫堤鎮，到處都散發田園風情……這裡人也好多……」
另外雖然說是人，其實精靈的人數比人類還多。話說回來，整體而言建築物十分密集，散發出強烈的都市氣氛。
馬車總站附近也在建築物上掛著各式各樣企業的招牌，總體來說十分花花綠綠。因為與其說精靈城鎮，這裡算是人類城鎮，是這個緣故所致？
「啊，馬車來了呢。搭乘那班車就可以前往希嘉夏曼了。車費等下車再付，總之先上車吧。收費為單一區間，兩百二十戈爾德。」
完完全全就是公車嘛……
於是我們搭上十分擁擠的二〇六路線馬車。
差點想起社畜時代的尖峰通勤……
乘坐馬車大約三十分鐘後，我們抵達最近的車站「希嘉夏曼公民館前」。
搭乘馬車的期間還隔著車窗觀賞景色，只見盒子般的木造房屋鱗比櫛次，總覺得散發出組合屋住宅的感覺。
「原本以為精靈的生活應該過得更豁達，但整體而言十分擁擠狹窄呢……」
終於讓我想起社畜時代的東京近郊。
絲毫沒有在森林中與世隔絕的生活。樹木就像行道樹一樣井然並列，馬路中央部分十分平坦，這是為了讓馬車行駛吧。

「哎呀～人口每年都不斷變得過度稠密呢～畢竟我們精靈很長壽啊～因此人口不斷增加，十分傷腦筋呢。」

「出現了長壽種族特有的問題！」

「啊，相較於人類，精靈懷孕的機率非常非常低喔？否則全世界就會充滿精靈了呢。即便如此，人口依然每年成長。尤其在人口眾多的地方商店也多，不是十分便利嗎？結果造成大家都集中在都市區域。」

完全就是東京面臨的問題……

「那麼，首先到老家去打個招呼吧。總之，請各位輕鬆一點無妨。」

哈爾卡拉的老家……老實說，我想像不到是什麼模樣。

◇

徒步大約三分鐘，抵達了哈爾卡拉家。

家門前有一位女性精靈正在晾乾洗滌衣物。年紀還很輕，是哈爾卡拉的姊妹嗎？

「媽媽，我回來了～」

咦!?原來是伯母喔!?

還十分年輕的伯母摀住嘴，似乎有些感動。

「這不是哈爾卡拉嗎！原來妳回來了啊！而且還與朋友們一起回來……」

我們依序向伯母問候。

「來來來，大家請進吧！不好意思家裡很狹窄……我馬上端飲料與點心來！」

一如之前聽聞的資訊，脫掉鞋子進入家中，在帶領下來到似乎是客廳的地方。

客廳內放著一張木製的低矮茶几。

「啊，不是坐在椅子上，而是直接坐在地上的體系啊。」

「師傅大人，精靈從以前就是這樣。」

如此表示的同時，哈爾卡拉往地上一躺。

「看，不是可以像這樣想睡就睡嗎？很方便吧？」

要說符合哈爾卡拉，的確符合她的風格……

之後，伯母端著茶水與點心前來，就這樣聊起親子話題。

「這孩子總是馬馬虎虎，連學校申請書都忘記提交，差點在考試前落榜了呢。」

「拜託，別再講這些事了啦～媽媽。」

該怎麼說呢……實在像極了來到日本朋友的老家呢……

之後，依然提及母親才知道的哈爾卡拉失敗經驗。

「哈爾卡拉啊，尿床的壞習慣一直治不好呢～」

「討厭！為什麼要聊起這種話題啊！」

「我想想，好像尿床尿到三十五歲吧。」
我一瞬間心想，中年還尿床的話應該去看醫生才對，但是三十五歲的精靈還完全是小孩呢……這方面真會弄混……
還有，對話中，我忍不住望向哈爾卡拉伯母的胸部。
比哈爾卡拉還要大。真是不檢點的人妻。
這胸部是遺傳嗎！原來是遺傳的啊！
「另外，還有沒有什麼趣事呢，比方說上學，從第一天就遲到嗎？」
「媽媽，當著大家的面，拜託多講一些誇我的好話啦。為什麼明明回到家，氣氛卻覺得好像自己吃虧一樣呢！」
哈爾卡拉也忍不住抱怨，卻帶有幾分放鬆的模樣，情緒也十分高亢。
由於我從未聽她提及與家人吵過架，之所以有意見，應該只是對州政府的做法不滿而已。
還有，坐在地板上腳放鬆的感覺，身為前世日本人非常感激。
這樣的確十分心平氣和。真不錯。要不要在高原之家也設立禁止穿鞋，直接坐在地板上的房間呢。
「大家有沒有想對哈爾卡拉說的話呢？可以趁這個機會說喔。」
哈爾卡拉伯母整體而言很愛開玩笑。感覺的確是會生下哈爾卡拉的人呢。至少絲毫沒有嚴格的感覺。

「媽媽，就說了，別再將話題導向攻擊我了嘛～！」

「平時受到哈爾卡拉小姐許多照顧。」

萊卡說出非常優等生的發言。在這方面，萊卡依然毫不含糊。

「不過，有時候會希望她製作一些肉類多一點的料理呢。」

芙拉托緹也說出十分貪吃的意見。

「哈爾卡拉姊姊很有趣喔～！」

「哈爾卡拉小姐為人很有趣。」

兩個女兒的評價也十分坦率。嗯，她的確是有趣的人。

「嗚嗚……可以感到開心嗎……總覺得好像又不是……」

似乎連哈爾卡拉都感覺這番話與純粹受到尊敬有點不一樣。

「不過，哈爾卡拉大姊。比起被別人說不有趣好得多了喔。」

「羅莎莉小姐，話是這麼說沒錯啦……」

「人生苦短，活得有趣一點比較好。」

「呃，精靈的人生並不短暫啦……」

常識似乎彼此衝突了呢……

就像這樣，與哈爾卡拉伯母的交流始終和睦溫馨，太陽也跟著下山了。

「媽媽，差不多該準備晚餐才行了吧……？」
「啊，真的呢！不好意思！」
果然，很有哈爾卡拉的感覺。
哈爾卡拉可能也繼承了伯母的馬虎吧……
「各位，請留下來用餐吧！家裡有點狹窄，留宿的時候可能得麻煩各位擠一擠了。」
「旅館我們已經訂好了，沒關係。突然登門拜訪我們也不好意思。」
在此由身為家長代表的我開口。
事前就聽哈爾卡拉說過，她家其實並不大。雖然還不至於狹窄，簡而言之等於普通日本人居家的寬敞程度。
如果是一人也就罷了，但這麼多人登門拜訪的話，會出現各種問題，例如床位或毛毯數量不夠。
「啊，我連蔬菜都忘記去買了！得現在去市場買才行！」
「真是的，這不是統統忘得一乾二淨嗎！媽媽實在太馬虎了！」
連哈爾卡拉都抱怨馬虎的哈爾卡拉伯母！急急忙忙衝出了家門。
「不好意思讓各位見笑了……我的家人大致上，就是這個樣子啦。」
自己的失誤也就罷了，哈爾卡拉似乎對母親的失態感到難為情，顯得有些瑟縮。

「沒關係啦。這不是落落大方的好媽媽嗎？」

「芙拉托緹的家人也這麼隨便，所以絲毫不在意。」

不對，芙拉托緹家人的隨便又是不同領域吧。

五分鐘後，哈爾卡拉伯母回來了。

哎呀，怎麼這麼快。難道能這麼快採買完畢嗎？

「發現自己忘了帶錢包，才跑回來拿的！」

好古典的失誤！

我逐漸明白哈爾卡拉的強化版是什麼樣的人了……

「好的，這次終於準備萬全——結果發現錢包裡找不到市場的點數卡。今天明明是雙倍印章日，真是可惜呢。究竟放在哪裡呢？」

「媽媽，不要再鬧了啦！客人都在等待，點數卡這種小事就別管了！都這麼大的人了，拜託做事俐落一點嘛！」

連我都開始覺得哈爾卡拉比較振作了。

這可是前所未見的發展呢……哈爾卡拉伯母真可怕……

「即使是點數卡，孜孜矻矻存起來也不容小覷喔。我們家的生活很苦，爸爸連中午都吃便當呢。由於遭到裁員二度就業，薪水也大幅縮水，很辛苦的～」

「討厭！別再提家裡的私事了啦！」

「哥哥也在打零工，所以收入有限……妹妹雖然是美容院的正職員工，收入卻不高，況且那孩子總是一下子就跳槽到其他的店，一直定不下來……」

「別再說了啦！愈來愈現實了耶！」

聽得連我都開始感到心累了……

原本以為哈爾卡拉好歹經營工廠，應該很有錢，原來哈爾卡拉家本身過得很勉強啊……

這次哈爾卡拉伯母終於去購物後，哈爾卡拉一臉陰沉地環顧我們。

「既然已經瞞不住，就向各位坦承吧，我的家人基本上，所有人都比我更隨便……」

這不是相當大條的問題嗎……

「請各位冷靜想像，身邊都是比我還隨便又馬虎的人，生活在這種環境中，自然會累積不少壓力呢……」

這番告白聽起來很丟臉，但對本人而言似乎十分嚴重。

「而且，我還算是其中最認真的，因此老是波及到我身上！以前就幫哥哥拿過好幾次忘記的便當！像是繳納住民稅也經常拖到截止期限，最後由我負責去繳。不覺得為人父母不應該這樣嗎？」

「真是辛苦妳了……」

桑朵拉手扠胸前，點頭同意。

「以前我一直認為精靈不顧草的死活，才會非常討厭精靈，但我同情妳。」

「感謝妳的同情。」

原來這值得感謝喔……

「因此以前我在這裡開設工廠時，理論上也有存款，卻設定成不能隨便領出來。如果只給這樣的家人金錢，不知道他們會玩出什麼花樣。他們畢竟並不壞，所以應該不至於濫用，卻會買些莫名其妙的東西。」

完全想像得到。

「比方說，明明沒有養蛇，卻買裝蛇的壺，或是買讓家人變幸福的壺之類。」

連這邊的世界都有類似宗教斂財的手段喔……正因為是魔法確實存在的世界，才會更棘手呢……

「哈爾卡拉，我現在明白妳為何會成為懂得經營工廠的人了。」

來到老家，見到哈爾卡拉的家族根基後才發覺。

「妳以前在家裡算是比較振作的人呢，所以才能勝任經營者。」

「就是說啊，真不愧是師傅大人！」

哈爾卡拉主動擁抱我。拜託，這種小事不需要擁抱吧，不過，這點程度倒是還好……

「小時候我就心想，『好歹我該振作一點，否則這個家庭會分崩離析』耶！爸爸也經常在工作上犯錯，導致屢屢被開除，哥哥則一直靠打工維生！大家都太漫不經心了啦！」

真是家家有本難念的經呢，我心想。

「總之，大家都有太多的破綻。而且還是全家都這樣，誰都不打算改掉壞習慣！在我們家裡就算犯了錯，只要道歉就能完全原諒喔！全家人都聚在一起相互撒嬌呢！」

我拍了拍哈爾卡拉的背。

「妳也滿辛苦的呢。」

「雖然要說同類的話，我也算是同類。」

這一點她倒是承認呢。

「之後家人應該會陸續回來，屆時多半會發揮本色。請各位做好心理準備。」

一個小時候，哈爾卡拉的哥哥比伯母先回來。他看起來也十分年輕。雖然很有型，但是該說整體而言輕浮嘛，給人一種沒有仔細思考人生的印象。

「啊，哈爾卡拉，妳回來了啊。」

「哥哥，目前在從事什麼工作？之前在公車總站兼差打工吧？」

「噢，那份工作被炒了。好幾次將客人引導至錯誤的地方而被罵。然後我找到發傳單的打工，但業績比其他人差，還一見到漂亮美眉就開口搭訕，結果不出意外又被炒了。」

聽到這番話的萊卡，眼神彷彿看著無可救藥的傻蛋，凝視哈爾卡拉的哥哥。這種男人是萊卡最討厭的一類……

「目前在咖啡廳打工。不過，該說完全得不到店長的信任嗎，有種被他嫌棄的感覺，不知道能撐多久呢～」

「拜託，差不多也該找份固定工作了吧？之前女朋友不是也叫你找穩定工作嗎？」

「我和她分手了。應該說是被甩的。她說外表輕浮也就算了，但無法忍受連生活方式都輕浮。還說缺乏生活能力的人，就算長得帥也不行。」

理由真是赤裸裸的現實。

這裡真的是奇幻世界嗎……？大家該不會都是二十一世紀的東京二十三區居民吧……？

之後伯母返家，開始下廚做菜。

接著換哈爾卡拉伯父回來。以成家的年紀而言，他同樣看起來十分年輕。從家族也能清楚看得出精靈十分長壽。

「哦，哈爾卡拉嗎？哎呀，被上司罵了好幾次，開始受不了了呢。」
「難道是職場霸凌嗎？難免會有對轉職者嚴苛的人呢～」
「沒啦，是因為爸爸在帳目數字上出了大包，給其他公司造成麻煩。」
根本毫無辯解的餘地！
就像哈爾卡拉會不小心摻入毒蘑菇，哈爾卡拉伯父也會弄錯帳目的數字吧。
「再這樣下去，可能領不到獎金吧。哎呀，傷腦筋哪。哈哈哈。」
這種事情還「哈哈哈」笑得出來喔。
由於哈爾卡拉的妹妹晚歸，因此包含哈爾卡拉在內的家族四人與我們共進晚餐。
附帶一提，晚餐的菜色是火鍋。吃法是在沸騰的湯中不斷添加蔬菜，調味也有幾分接近日式。
「妳叫亞梓莎吧。我妹妹頭腦很好，但檢查不太嚴謹，因此吃蘑菇的時候最好小心一點喔。她曾經混入毒蘑菇而渾然不知呢。」
哈爾卡拉的哥哥清楚明白她的弱點呢。真不愧是家人！
「其實我有好幾次吃到毒蘑菇，結果慘兮兮的經驗呢。」
「果然嗎？有一次，我們全家也差點被毒蘑菇害得全滅呢。對吧，老爸？」
「對啊，當時全家一起爆發搶廁所大戰呢。哈哈哈。」
「之後整整三年都不敢吃蘑菇了喔。呵呵呵。」

雙親似乎將這件事當成一齣小笑談，但其實這相當嚴重喔。

不過，雖然是馬馬虎虎的家庭，但看他們圍著火鍋團聚的模樣，覺得大家都十分開心，也過得還算滿足，真是不可思議。

理論上肯定有不少在經濟上，以及社會上獲得成功，彼此關係卻形同陌路的家庭。

相較之下，說不定這一家人比較幸福？

既然幸福這個詞十分曖昧，又沒有明確定義，繼續思考這個問題也沒什麼意義。這點道理我還是知道的。

不過法露法與夏露夏都開心地吃著火鍋，其他家人也天南地北地加入聊天的圈圈。

即使問題一大堆，還是覺得聯繫十分緊密，哈爾卡拉果然是在幸福的家庭中長大。

畢竟哈爾卡拉縱使有迷糊的地方，人格依然豁達大方。

這可以說是家庭開朗的證據。

「啊，不好意思，我去一下洗手間。」

可能是火鍋料理的關係，多喝了幾杯酒，一站起來就有些頭暈。

然後上完廁所返回途中，見到哈爾卡發伯母站在走廊上。在等廁所嗎？

「洗手間沒有人了。」
「亞梓莎小姐，非常感謝您長時間關照哈爾卡拉。」
冷不防被伯母道謝。
哈爾卡拉伯母禮貌地低頭致意。
哎呀呀，原來她是這麼認真的人嗎……？
我也頓時恢復清醒。
「亞梓莎小姐可能也知道，那孩子真的很馬虎，肯定為亞梓莎小姐與其他人添過麻煩。但各位依然願意溫暖地接納她，為人父母真的感激不盡。」
「不會不會，其實我們也十分開心。不用這麼拘謹沒關係。」
「這番話不會占用太長時間，方便陪我聊個幾句嗎？」
聽她這麼說，當然只能同意囉。

我們來到空房間的走廊，席地而坐。沒錯，可能因為結構上要脫鞋進入，還有類似能看見庭院的走廊之處。這方面也與日本的房屋有些接近。
「那孩子一開始在好幾間公司上班過，卻因為遲到或失誤連連而做不久。雖然在校成績不錯，碰到這種時候，我就心想，她果然是我們的孩子呢。」
「或許她的個性不適合受人雇用吧……」

因為她是屢屢犯小錯，導致分數不斷降低的類型呢……最少也會無法出人頭地吧。

「然後呢，某一天，她說她要自己開公司。我們家人都以很危險的理由勸阻她，說我們全家創業只會造成負債累累。」

「這麼說可能有些失禮……但是我明白。」

哈爾卡拉伯母對我笑了笑。公司一旦失敗，不只存款打水漂，甚至還會背負債務……無論如何都有類似賭博的成分。

「那孩子表示，自己身為雇用者方肯定會順利，堅持不肯讓步。當時我頭一次見到那孩子如此頑固呢。」

彷彿就像昨日般歷歷在目，眺望外頭月亮的哈爾卡拉伯母面露微笑。

「可能因為哈爾卡拉也想以自己的方式幫助家人。因為她從來沒有在我們家說過家人的壞話。」

哈爾卡拉伯母靜靜地回答「對呀」。

「那孩子有做生意的才能呢。看來她身為經營者十分有才幹，賺了不少錢。卻因為惹上麻煩而無法在此容身，結果行蹤不明，後來才在亞梓莎小姐那裡受到保護。」

「是的，承蒙她身為家人，讓我們度過了開心的時光喔。」

「再一次感謝您，今後女兒也拜託您照顧了。」

哈爾卡拉伯母真是大好人呢。
我的眼角逐漸發熱，淚水略微在眼眶打轉。
慘了。如果眼睛紅紅地回去，家人可能會以為發生了什麼事。
「我暫時在這裡吹吹風吧，同時醒醒酒。」
說著，我讓精靈城鎮的晚風吹拂在自己身上。
我也得努力建立家庭，不輸給哈爾卡拉的家庭才行。
最重要的是讓家庭內的所有人，都能感到幸福。
大約在原地待了十分鐘左右，我回到吃火鍋的房間。差不多也接近結束時間了。
但是，房間內卻特別吵鬧。
「嗚嗯……喝太多了……一步也走不動了……」
哈爾卡拉臉色發青蹲在地上！
「好了，哈爾卡拉小姐，至少到洗手間去吧。」
「萊卡小姐，沒辦法。現在走動非常危險……我的胃如此告訴我……」
「拜託，別在客人面前醉倒好嗎……我去幫妳拿個桶子之類。啊，突然站起來的我也醉了……」
連哈爾卡拉的哥哥都突然神色難看！
「喂，你要是當著別人面前嘔吐，我可不饒你——這句話一說出口，結果連我都快吐了……」

哈爾卡拉伯父也摀住了嘴！

「萊卡！快點帶大家前往庭院！繼續置之不理很危險！」

「吾人知道了，亞梓莎大人！」

結果神祕地演變成我們負責照顧醉得一塌糊塗的哈爾卡拉一家……

包括這些插曲在內，的確很有哈爾卡拉一家的風格……

唯一沒有醉倒的哈爾卡拉伯母再度道歉。

「真的，我們家就是這樣……不好意思，不好意思……一點學習能力都沒有……」

「不會，這樣的家庭也很有趣，其實很不錯吧……？」

連緩頰的我都愈來愈沒自信了。

雖然家庭很幸福，但還是稍微認真一點比較好吧……

這時候，應該是哈爾卡拉妹妹的女孩子回到家。

這女孩也是一臉童顏，胸部卻很大。這在學校等地方十分醒目吧……

「唔～與朋友去喝酒，喝太多了好難受……人看起來變成三個……」

果然還是喝醉了喔！

「亞梓莎大人，吾人與您一起想辦法吧……不能就這樣丟下全家人離去……」

「也對，萊卡……」

之後，等待哈爾卡拉全家酒醒，結果進旅館的時間比預定還晚了許多。

在臉色還有點蒼白的哈爾卡拉家人目送下，我們前往旅館。

由於沒有能住這麼多人的房間，所以我們訂了兩間四人房。

我這間是與兩個女兒和哈爾卡拉同房。沒錯，哈爾卡拉也預定不在老家過夜。反正就算直接住下來也得照顧家人，多半很辛苦……

另一間則睡龍族二人與桑朵拉。

※羅莎莉飄浮在附近，因此往來於兩間房間。

既然已經吃過飯，接下來就是洗澡（這間旅館採用泡大浴場的形式）與就寢而已。

然後，兩個女兒本來就因為旅行而疲勞，洗澡後很快在床上進入了夢鄉。

想當然耳，剩下我與哈爾卡拉。

附帶一提，某種程度上我是刻意的。

因為我認為返鄉時與當事人好好聊一聊，是家長的責任。不，說家長可能太誇張了。或許該說身為朋友，想先問明白的心情比較正確。

我們坐在床邊，喝著水同時聊天。這片土地上的水十分美味。

「真是有趣的家人呢。」

「雖然一直在道歉，不過還是各種不好意思……」

明明光是家人見光都相當難為情，再加上那段小插曲……

連我都覺得可以相當準確地順著哈爾卡拉目前的心情。

「不過真要說的話，我看到那樣的家人後放下了心呢。」

「咦!?那麼誇張的家人耶!?難道師傅大人原本想像得更加誇張嗎!?」

呃，我不是這種挖苦的意思。

「妳看，哈爾卡拉，之前妳一直沒說要返鄉，也不提起家人的事情，所以我也不敢主動詢問啊。才會心想，該不會關係非常不好之類。」

「啊~這個喔~原來是這樣嗎~」

她的反應讓我懷疑她究竟有沒有思考過。

「不過，完全感受不到家人的摩擦，才讓我鬆了口氣。」

「雖然是一群糊塗蟲，但家人畢竟是家人。畢竟精靈十分長壽，今後還要相處很長一段時間，所以真的發飆會很累。」

由於提到家人，感覺哈爾卡拉比平時更加謙虛。

「反正我也露過面，鬆了一口氣呢。」

這應該是哈爾卡拉毫無矯飾的真心話。光是瞄一眼她的側顏，就能清楚察覺這些。

我們家即使沒有血緣關係，依然是家人。

「只不過我重新認識到，放任那樣的家人不理果然很危險……」

這時哈爾卡拉難得露出憂鬱的表情。她的心情我也不是不能理解。

「尤其在經濟方面……明明收入不高，但該說花錢方式換來嗎，總是突然亂買些奇怪的東西之類……」

「那麼要補貼家裡嗎？考慮到妳的工廠收入，應該很輕鬆吧。」

「不，如果補貼的話，他們可能就不工作了……」

補貼金額太大的話，也會很麻煩嗎？

「老實說，並不是沒有解決方案。」

這時候的哈爾卡拉再度露出經營者的表情。

話說回來，這趟旅程的首要目的並非與家人重逢。

「明天，我去找這裡的領主討論新設工廠的事情。大家可以四處觀光一下。傍晚我會再回到這間旅館。」

「知道了。那我們就悠哉地逛逛精靈城鎮囉。」

可能我們也十分疲勞，一下子就睡著了。

◇

隔天，除了哈爾卡拉以外的我們，所有人決定在精靈鎮上觀光。

萊卡的手上拿著一本『善枝侯國觀光導覽』的冊子。

另外，夏露夏拿著一本更厚重的地理書籍。我心想那不是很重嗎，但夏露夏可能早已習慣了。

「根據這本導覽手冊，似乎在許多地方都有大樹。這些樹好像都是名勝。」

「大樹一如其名，就是很大棵的樹吧。反正我們是初級觀光客，就依照書上寫的景點逛逛看吧。」

首先乘坐馬車，觀賞第一處的大樹。

精靈城鎮在沒有房舍的地方幾乎都生長著樹木，多餘的土地形成一小片森林。不過該處卻聳立著幾乎參天的超高大樹。

四周為了避免過於接近而以柵欄圍住，以精靈為中心的觀光客都抬頭仰望。我們也跟著往上瞧。

「嘩，真是壯觀呢。雖然感想很寒酸，但是只想得到這種詞彙呢。」
「對啊，給人一種充滿生命力的印象。而且樹枝似乎也不斷往外伸展，有一種光是觀賞就彷彿能飛躍的感覺。翠綠的葉片也散發強勁的力量。」
萊卡的感想聽起來成熟多了，聽得我略為臉紅。
「好厲害喔～！」「好大喔～！」「真是大呢～」
至於法露法、芙拉托緹與羅莎莉的感想很像小孩子，讓我放心了些。
「這棵樹屬於南加蒙嘉種，長得如此高聳極為珍貴。不愧是善枝侯國，生長著好幾棵壯觀的樹木，對精靈而言堪稱靈地，自古這片土地就受到信仰。從該處發展城鎮至今。」
「夏露夏果然是萬事通呢～」
「名氣如此響亮，還能接受行政單位保護，十分輕鬆呢。感覺像無憂無慮的老後。」
「桑朵拉的感想是從植物觀點出發呢……」
不過，雖然對第一棵大樹還算有興趣——
下一棵大樹果然也很壯觀。
再下一棵大樹，同樣也不得了。
再再下一棵大樹，同樣同樣驚為天人。

好的，接下來應該都知道了吧。下一棵樹一樣壯觀。

「全都是樹木，看膩了！」

在走進休息的咖啡廳內，我坦誠地表達感想。

無論如何都不可能光靠連續觀賞樹木獲得滿足。拜託穿插一點其他風景吧。全餐料理除了沙拉，沙拉，還是沙拉，緊接著又是類似沙拉的菜色。

「話說回來，大多數觀光客都是精靈呢……這該不會是精靈專用的導覽手冊吧……」

萊卡翻閱手上的冊子。

對喔。如果是精靈，這種行程也能享受嗎……

「芙拉托緹大約從第三棵樹開始就混淆，分不清楚哪棵是哪棵了……」

我和芙拉托緹差不多。

「萊卡，沒有多一些其他景觀了嗎？」

「這個呢……吾人看看，聽說善枝侯國以湧泉聞名。在各地都有湧泉之類。」

噢，話說在旅館喝的水也很美味呢。

「拜豐富的湧泉所賜，森林也十分茂盛。一切都有連帶關係。」

夏露夏的說明帶有幾分哲學。

「賽跑之後大口飲用冰涼的水，非常好喝喔～！」

法露法則發表符合外表的感想。

「這裡的水質似乎的確富含礦物質，如此一來植物也容易成長。」

桑朵拉也在咖啡廳以杯子喝水。原來她可以從嘴攝取水分啊。

附帶一提，我發現桑朵拉最近似乎可以毫無問題地使用嘴部。本人表示，雖然水分吸收率較差，但倒是可以做出飲用的動作。

「如果生長在這裡，我肯定也會培養出豐滿的身體，但是要長時間生長不被精靈發現，實在太困難了……這片土地對曼德拉草而言果然很可怕。」

我有點不太能想像身體豐滿的桑朵拉。

這件事姑且不論。

「反正我是幽靈無法飲用，所以不太清楚，但是活人也不會覺得一直觀賞湧泉會很有趣吧？」

「嗯，羅莎莉妳說得沒錯……」

逛湧泉也絕對會膩。不如說，可能膩得比逛大樹還快。

「難道啊，沒有能更加享受的要素嗎……？觀光資源真是樸素呢……」

「請稍等一下……吾人再試著找找看……」

萊卡啪啦啪啦翻閱導覽手冊。

「原來如此……還有這種東西啊。可是……這個……並非所有家人都能享受的景點……噢，哈爾卡拉小姐不在，或許這樣正好呢……」

「萊卡，妳究竟發現了什麼？」

「亞梓莎大人，聽說這附近也以好酒聞名。似乎在釀造各式各樣的水果酒。」

我終於明白為何萊卡會表示擔憂了。如果哈爾卡拉在場，肯定又會喝得爛醉。

「既然有乾淨的湧泉，代表也適合釀酒。而且在這片土地上還能採收各種水果，堪稱地利人和。」

「夏露夏真是了解地理呢。不愧是媽媽自豪的女兒。」

就像有學生明明不能喝酒，卻對包括酒類產地在內的特產品如數家珍一樣。

「聽說還有透過試喝水果酒，比較不同酒類的設施。該設施名叫『善枝醉醺酒窖』。」

怎麼突然多了一股庸俗的感覺。

「雖然有興趣，但法露法與夏露夏都不能喝酒。羅莎莉是幽靈所以根本無法飲食。桑朵拉也不能喝……半數家人以上不能喝酒，去了也沒意思呢。」

應該改去能讓更多家人享受的景點吧。

「這個……或許……」

桑朵拉戰戰兢兢舉起手。

「或許，我也可以喝酒吧。應該說，我可能沒有喝醉的概念……」

「聽妳這麼說，植物應該不會喝醉吧……？問題是，可以攝取酒精嗎？難道不會枯萎……？」

「若是度數低的酒，應該能少量飲用。況且，我也想喝喝看酒是什麼滋味……不知道能不能成為大人……昨天大家都喝得那麼開心……」

桑朵拉居然受到大人的誘惑了！

現在應該扮演母親的角色阻止她嗎？可是桑朵拉又沒有承認我是她的母親，年齡上也早已自立，強制她不許喝酒反而比較不講理吧。

還是算了。我們家人有太多例外，就算思考這種事情也得不到正確答案……

「就算妳說開心地飲用，但哈爾卡拉全家都喝得臉色發青喔。比藍龍的我還要青呢。」

「他們那一家只是喝太多了吧！就像火炎既可以用來烹調，也會造成家裡失火。不明白程度根本毫無討論意義！」

桑朵拉說得沒錯。可是連在桑朵拉的眼中，哈爾卡拉全家都是問題人物啊……

「啊，亞梓莎大人，手冊上寫著還有不含酒精成分的水果汁呢。」

這時萊卡提供了不錯的資訊。

「哇～！法露法最喜歡果汁了！尤其最喜歡蘋果汁！」
「夏露夏覺得柳橙、葡萄、梨子、無花果也不錯。」
連女兒們都一口氣站在支持『善枝醉醺酒窖』勢力那一方了呢。
「大姊，不論去哪裡觀光我都沒意見，所以哪裡都可以喔。況且釀酒設施應該比觀賞大樹還有趣吧。」
羅莎莉這番話我也明白。總比樹木與水好多了。
「好！那就前往『善枝醉醺酒窖』吧！」

◇

我們轉乘路線馬車前往『善枝醉醺酒窖』。
由於萊卡在場，她會告訴我們該在哪裡轉乘，但馬車數量繁多，十分複雜。而且景色也沒什麼變化，讓人混亂。
城鎮內也有類似小規模森林公園之處，除此之外，城鎮形成比想像中更加整齊的棋盤狀，代表區劃調整十分進步。
「原本印象中，精靈居住的地方應該在更深邃的森林中，入侵者即使進入也會迷路走不出來呢……」

「遠古時期似乎是這樣，但據說連精靈都經常迷路，十分不便，才會大幅度改造。導覽手冊上是這麼寫的。」

連文明化的浪潮也席捲了精靈呢……

然後，我們順利抵達目的地的設施。

是以檜木建成的風格十足建築物。

還掛著不少類似燈籠的杉玉（註6）。哎呀，這不是代表日本的酒窖嗎……

「媽媽，那叫做杉球，代表精靈的酒窖之意。」

「唔……愈來愈遠離精靈的印象了……」

『善枝醉醺酒窖』是酒類主題樂園，只要支付入館費進入，之後想喝多少都沒關係，對愛酒人士而言就像作夢一樣。

試飲區前陳列著幾張水果繪畫。

代表可以喝到這種水果酒的意思吧。

「這可能是個好地方喔……」

「吾人也很期待喝到各式各樣的水果酒。」

註6 以杉樹葉捆成球當酒店的招牌，別名酒林。

「看我稱霸所有種類！」

能喝酒的我與龍族二人在喝酒前就滿臉笑容。

由於各式各樣的果汁也整齊置放在一旁，法露法與夏露夏也十分興奮。

「夏露夏，這裡真是好地方呢！」

「可能想浸泡在裡面呢。不過這樣會吃不下飯，必須節制一點……」

不過，只有桑朵拉的模樣有些不一樣。期待與不安的表情各半。

「酒，酒……究竟是什麼東西呢……」

完全就是首次體驗呢。某種程度上十分純真，但是對桑朵拉而言，可不是那麼事不關己的問題。

另外保險起見，我請人換成度數不那麼強的酒。一旦發生情況就由我施放回復魔法吧。

首先，我嘗試草莓酒、葡萄酒、蘋果酒、柿子酒、木通酒與胡頹子酒。雖然這麼多已經不能稱為「首先」，不過反正無限暢飲，因此多多益善。可以將小型容器盛放在托盤上。是接近自助餐的方式。

找到能讓所有家人坐的桌子後——

大家一起相碰木製容器喊出「乾杯～！」

「哦，味道不濃烈十分爽口。這味道女孩子也能接受呢～」（我）
「芳醇的香氣在口中充分擴散。入喉口感也十分清爽，用餐時應該也適合。」（萊卡）
「好好喝！」（芙拉托緹）
感想清楚地呈現人物的差別。
至少清楚明白，芙拉托緹不可能擔任寫食記的工作。
連兩個女兒，
「真是好喝呢～♪」（法露法）
「保守地形容，真是無比幸福。」（夏露夏）
都發表清楚展現個性差異的感想。可以肯定她們十分滿足。
然後，我最在意的對象，是桑朵拉。
「如、如果不行的話只要吐出來即可……反正這種程度，又不至於太嚴重……」
端著木製容器，桑朵拉不停嘀咕。
然後，桑朵拉一小口一小口品嘗地啜飲。表情該說是訝異嗎？一臉驚奇地望著變空的容器。

「如何，第一次喝酒的滋味怎樣？」

「出乎意料地苦澀呢。還有，感覺身體變暖和了。」

這方面的感想完全就是剛喝酒的人。

「就是這樣喔。但是不知為何，一部分人會著迷於這種滋味呢～」

「唔。動物真是不可思議呢。不過，或許並不壞。」

然後她伸手拿起下一個木製容器。哎呀，或許她出乎意料地能喝？

「亞梓莎大人，還有許多種類呢。接二連三去看看吧！」

可能是酒精的關係，總覺得萊卡有點嗨。不過在這種地方喝開了也是難免的。

「也對。在不會喝壞身體的程度內飲用吧。」

「芙拉托緹要重複暢飲蘋果酒！」

我們各隨己願挑選酒飲用。哎呀，真是快樂似神仙啊。呼搭啦，呼搭拉……

當然，可不是只有酒而已。只要付錢，還能購買類似下酒菜的食物，在精靈的土地上才有的珍貴下酒菜應有盡有。

「這種豆子的艾爾文漬嘗起來鹹鹹的，不過很適合下酒。」

芙拉托緹正在嘗的酒菜味道，是這片土地的豆子醃漬在類似醬油的醬汁之味。

話說回來，艾爾文是味道類似醬油的醬汁吧。在精靈的世界中，時常有接近日式

© Benio

風格的事物若隱若現。

日本也是多山的土地。亦即森林也不少。該不會近似於精靈的世界與國土之故吧。這可能有點穿鑿附會……

附帶一提，夏露夏與法露法跑去買麵包，將各種下酒菜放在麵包上享用。

「這與麵包十分搭配呢～」

「不論哪一種料理，都宛如魔法般讓人想吃麵包。雖然以口味而言偏鹹，但放在麵包上就會變得剛剛好。」

該不會是下酒菜同樣也能做為配飯好朋友，發揮力量的現象吧……？

在日本，漬菜既下酒也很下飯，其實並不是什麼怪事。

另外，桑朵拉很快就改喝果汁了。果然喝果汁比較安全。

「精靈的土地真好啊。既然這樣，讓哈爾卡拉兩個月回一次故鄉說不定也不錯……」

填飽肚子後，為了順便醒酒，還前往資料館區觀摩。芙拉托緹果不其然，跳著看說明。萊卡則仔細閱讀。

不過，由於還能參觀酒的實際製作過程，連芙拉托緹都津津有味地盯著瞧。

附帶一提，萊卡還買了類似設施的公式導覽手冊。還真是認真啊……

芙拉托緹則直接買了在家裡飲用的酒。雖然花費似乎比當初的預定還多，不過旅行中痛快花錢十分正常，應該沒關係。

這裡的環境很適合重振精神。真的可以在這裡待上一整天呢。

實際上，已經快要晚上了。

「如果有全年周遊券的話，可能會買呢……」

「亞梓莎大人，這好像也能以一萬五千戈爾德買到。」

「嗚哇……好煩惱要不要真的買呢。還是忍耐吧……」

「那麼，可能到差不多該回旅館的時間了。」

萊卡果然十分無微不至呢。

「也對。哈爾卡拉的工作也快要結束了吧…………雖然要一起吃晚餐的話，大家肚子已經很飽了。」

「主人，再讓我喝一杯就好！」

芙拉托緹完全著迷了呢……

「我知道了。那麼，就再喝一杯喔。我也去吧，當作最後一杯……」

就在我準備去排隊時，忽然見到一個熟悉的背影。

哎呀，怎麼有好像哈爾卡拉的人呢……？

話雖如此，這裡原本就算是精靈的國度。訪客也大多數是精靈，很有可能是我看錯了。

不過，總覺得背影十分相似呢……

該怎麼形容呢，連背影都有種傻乎乎的感覺……

有種形容方式是靠背影說話，但那種背影看起來就像在說「我經常不小心凸槌」。

要繞到正面看看嗎？問題是，如果是完全不一樣的人，氣氛就會變僵呢……

這時候，那位像哈爾卡拉的人略為腳步踉蹌。

「唔～已經到極限了嗎？不對，剛才只是單純地走路差點摔跤而已。我還沒喝醉。其實我還可以喝喔，還可以喝！」

「絕對是哈爾卡拉！」

我從身後拍了拍對方的肩膀。

轉過身的精靈毫無疑問是她。

「嗚哇！師傅大人！嚇了我一跳！師傅大人怎麼會在這裡!?」

「不如說，我才想問妳怎麼會在此處呢。我們之前一直泡在這裡呢。」

「啊～我明白。畢竟這個國度缺乏觀光景點呢。我也沒什麼可推薦的地方，所以實在沒辦法提供意見。」

「話說回來，當初缺乏在地居民妳的資訊呢……」

「我可不希望提供的景點很無聊，結果變成好像我的錯，所以才刻意完全不開口。因為真的，有很多讓人失望的景點。」

可能因為是在地居民，真是毫不留情地批判呢！

我帶哈爾卡拉來到家人坐的桌旁。

這樣就完全不需要提早回旅館了。

「哈爾卡拉會來，該不會代表商談失敗，藉酒消愁吧……？」

就算失敗，也不至於對哈爾卡拉製藥造成損失，但是既然結束得很不痛快，可能會想喝杯酒。

這次開會的對象似乎是這片土地的領主，失敗的理由要多少有多少，比方說態度特別霸道之類。

「不，剛好相反。因為談得十分順利，才想低調地喝個幾杯再回去。」

「原來是喝酒慶祝喔！」

愛喝酒的人不論任何時候都能找到理由喝酒呢。

「不過，真是太好啦，哈爾卡拉大姊。不僅可以返鄉，商談也順利成立，好到不能再好呢。」

羅莎莉巧妙地總結。

對啊，對哈爾卡拉而言再好也不過了。

「是的。首先在善枝侯國這裡的芙思米地區建立新工廠，還完整附帶土地與建築物候選呢。」

這方面的本領還真巧妙啊。果然，哈爾卡拉有經營的才能。

「不過我之前一直覺得，到目前為止都沒什麼煩惱呢。畢竟我站在可以強勢的立場，對方也能獲得利益。若是只有這樣，就少了搞定一件大事的感覺，因此本來只敢喝目前的一半呢。」

「結果還是要喝啊……」

哈爾卡拉果然很愛喝……

但如果當地就是酒的產地，會如此發展或許是理所當然的。連我都快無法自拔了呢。

「那麼，代表有什麼事情順利成功嗎？」

還沒問到重要的答案。

「其實啊，我昨天返鄉後感慨良多喔。雖然和師傅提過一點。」

「嗯，對啊，沒錯。」

昨天坐在床邊，同時聽哈爾卡拉說明對家人抱持什麼樣的心情。

「雖然他們在我看來也是問題多多，工作等方面被開除也無可奈何，但依然是我心愛的家人。所以，我想到了一個好方法。」

哈爾卡拉面露微笑。

「全家人由新工廠雇用。讓他們在新工廠工作！」

來這一招喔！

「我們那一家雖然會經常遲到之類，對公司的成績造成影響，但如果職場離家不遠，應該也能降低這種風險吧。」

居然搬出了解決家庭問題的功夫！

「說真的，管理方面不能交給他們，我會請別人負責。但他們並不是壞人，只要給他們工作，他們還是會做的。如此只要哈爾卡拉製藥經營上軌道，全家生計也有了著落，得知這一點後我也輕鬆了。」

「是嗎，是嗎……原來是採用這種方法啊……」

由於我沒有立場反對，當然就是接受。畢竟是哈爾卡拉，總不會做出讓公司面臨危機的決策吧。

「所以說，這次的任務圓滿達成了！才會想來這裡喝幾杯酒再回旅館！」

現在知道原因了。原因本身毫無問題。

「好！再多喝一點吧！」

若說有什麼問題，那就是哈爾卡拉已經喝了許多酒，開始腳步踉蹌了。

之後哈爾卡拉不意外地喝太多，然後嘔吐。

這方面真的學不會教訓呢……

『善枝酒窖』引自湧泉的小河也流經建築物內，因此可以泡腳休息。

哈爾卡拉將腳浸在水裡醒酒。

「哎～又喝太多了……這都是酒的錯……」

「拜託，是妳自己不好吧。」

我也坐在一旁，監視是否有醉漢做出奇怪舉動。

水十分冰涼，我的醉意也煙消雲散。

「不過，這一次事件倒是證明了那件事呢。」

只見哈爾卡拉的表情十分得意。

「那件事是什麼事？」

「就是我很幸運啊。隨機抽到的文件不就是這裡嗎？」

「噢，事情的起因是這樣啊……」

如果這樣就得出哈爾卡拉運氣很好的結論，總覺得有點難以釋懷——但是解決了家人的問題，或許不該計較這些小地方。

「也對。哈爾卡拉很幸運喔。嗯，這樣就好。」

「謝謝師傅大人！那麼……有件事情想拜託一下……」

這時候，哈爾卡拉主動靠近我。

「能不能帶我到廁所去呢……？嗚嗯……第二波要來了……」

「至少我覺得自己被捲入了不幸事件！」

再度實際感受到凝聚家人真不容易，同時我抱起哈爾卡拉，前往廁所……

附錄

出現了奇怪的神殿

傍晚，我端著澆水壺，來到菜園。

這裡種植著在家吃的蔬菜，以及配藥時使用的藥草。

菜園還生長著乍看之下像普通雜草的植物，但這些都有確實的藥效。

另外，還有一株特別、特別過頭的植物棲息。

「亞梓莎，趕快幫我澆水。」

桑朵拉在菜園的角落，胸口以下種植在土壤中。

看起來像是活埋，但其實她並未受害。

「好好，稍等一下喔。」

我以澆水壺在桑朵拉周圍灑水。這主要是法露法與夏露夏的工作，但今天輪到我值日。

「頭頂上再多澆一點。我想順便清洗葉片。」

葉片相當於人類頭髮的部分。心想這算洗髮的同時，我將水澆在她頭上。

She continued destroy slime for 300 years

「話說回來，桑朵拉，妳的固定位置略為改變了呢。」
桑朵拉會到處活動，但似乎也會安靜下來，基本上都會種植在同一個地方。由於她算是家人，連這種變化我都看在眼裡。
「對啊……都是那傢伙害我渾身不自在……」
桑朵拉露出厭惡的眼神略為抬頭。
視線的另一端，長著一棵巨大的松樹。
「是蜜絲姜媞在結婚典禮時送的松苗呢。」
不愧是松樹妖精蜜絲姜媞送的樹苗，三天就長得十分壯觀的松樹，現在變得更加雄偉。
甚至指定為南提爾州的天然紀念物都不為過。
「那傢伙逐漸從這附近的土壤吸光了養分。該說一點都不客氣嗎，真是厚臉皮呢。哪有新人這種態度的。」
難道植物世界也分前輩晚輩的關係嗎？可能是桑朵拉獨特的規則吧。
「反正就當作可以近距離眺望巍峨的松樹，賺到了吧。人生就該積極思考。」
即使對桑朵拉而言很困擾，但這棵松樹十分威風凜凜，氣勢十足是事實。
「對啊。反正只有一棵，目前就先睜一隻眼閉一隻眼。」
其實桑朵拉對這棵松樹也沒有強烈敵意，例如希望它枯萎之類。基本上桑朵拉既不會誇獎什麼事，照理說也不會生氣。怎麼說都是生活在這片土地上的夥伴，肯定能和諧共處吧。

「哎呀，真是穩重莊嚴呢。感覺就像松樹中的松樹。」

真想在這附近擺放桌子，吃幾塊我製作的名點『食用史萊姆』呢。可能的話想再來杯綠茶。這棵松樹很適合日式品味。

不過，我卻覺得不太對勁。

感覺這棵松樹與之前的松樹有哪裡不一樣。

異樣感覺的真相是什麼？應該不是尺寸上的變化……

我試著從根部到頂端仔細觀察巨大的松樹。

哎呀，樹梢上好像有東西。

該處置有一個類似鳥窩的三角屋頂木盒。

不，要說盒子也太大了。人甚至可以輕鬆進入，在裡面生活。一間小房子巧妙地夾在松樹的枝椏之間。

「欸，桑朵拉，妳沒有蓋那間房子吧。」

「怎麼可能會蓋……距離地面那麼高，對我而言根本沒有好處，更何況我怎麼爬得上去……」

「這麼一來……大概是法露法的提議？畢竟只要拜託萊卡，工程就能迅速完成。」

嗯？附近的枝條好像掛著類似招牌的東西。

只要看內容，肯定就能得到答案！

蜜絲姜媞神殿
高原之家分院
祭神松樹妖精蜜絲姜媞
淵源
供奉於塔金村的松樹精靈蜜絲姜媞大人，授予高原魔女松樹幼苗，種植在土壤後，三日左右便成長為名樹。此神殿為紀念植樹，祭祀松樹妖精蜜絲姜媞大人之處。
結婚典禮、戀愛祈禱、結婚諮詢承攬以上業務（免費估價）

「居然擅自蓋了神殿！」

喂喂喂！是誰的傑作啊？說起來，其實我猜得到。

我徒手爬上松樹的樹幹。由於等級滿級，這種事情輕而易舉。

然後敲了敲該建築物的門。

「有人在嗎？在的話快開門！」

「啊……目前正在準備中，拜託稍等一下捏……不過結婚典禮相關事宜，倒是可以諮詢捏。」

一聽這口氣就知道是誰了。我猜的果然沒錯。

於是我直接開門。

只見蜜絲姜媞在神殿內。

地板上隨意堆滿了布袋，似乎正在做副業之類。

「哇哇哇！未經許可不要進來捏！」

「我就直接問了。妳究竟在這裡做什麼？」

「正在製作在這間分院授予的護符捏。一個售價五百到一千戈爾德捏。」

「不對。我不是問妳目前在做什麼。」

還有，原來她剛才在製作護符啊。就像手工製神社護身符的感覺嗎？

「我怎麼沒聽說在這裡蓋了神殿啊？而且看了淵源的文案，怎麼寫成神殿好像是我們一起蓋的一樣。」

這絕對是精靈本人蓋的吧。

「這個，呃…………妳看，樹苗三天就長成大樹，該說是精靈的奇蹟嗎，不覺得有什麼奧祕之處嗎……才心想就算蓋間神殿也不足為奇……」

蜜絲姜媞說話時沒有看我的眼睛，代表肯定有虧心之處。

「哦？那麼三天內長成大樹是偶然嗎？不是妳自導自演吧？是不折不扣的奇蹟吧？」

「這個，其實有稍微動點手腳……」

「一切都在計畫之內嘛！」

◇

於是我帶蜜絲姜媞回高原之家，與其他家人一同問話。

「不好意思捏……由於這個州的妖精信仰同樣十分衰弱，才想藉由打進此地，看看結婚典禮的舉辦次數會不會增加……心想不能坐困愁城，才設法主動出擊捏……」

結果出擊的地點，就在我家旁邊喔。

「雖然不至於生意興隆，但如果來參拜神殿的信眾增加，會失去現在的安靜環境呢。」

萊卡露出困擾的表情。

沒錯，就是有這種危險。畢竟可是在家旁邊出現了神社。

「趕快砍了松樹吧。如此就萬事解決啦。這是最簡單又最好的方法。」

芙拉托緹的提案果然很粗魯。

「可是……砍掉這種特別的樹木，該不會有什麼報應吧？這種故事我在生前聽過好幾次了……」

幽靈羅莎莉渾身發抖。以前住在日本的時候，有聽過這種神木的故事，難道這個世界也有嗎？還有，為什麼明明是幽靈，卻要在意這種事？

「別說什麼報應，如果是這個松樹妖精，其實根本不可怕。」

芙拉托緹指了指蜜絲姜媞。

「如果作祟的話，就破壞其他蜜絲姜媞神殿當作報復。」

「拜、拜託不要捏……重建神殿得花很多錢捏……希望可以息事寧人……況且我作祟的力量也很弱捏……」

蜜絲姜媞俯首低頭。真是缺乏妖精的威嚴呢……

「附帶一提，作祟會發生什麼樣的事情呢？」

萊卡詢問。與其說害怕，這種問法更像是對妖精感興趣。

「早上起床後，會發現床上沾滿松脂捏。」

「這單純地很惡質耶！」

當作騷擾人的手段應該相當強大……

「我芙拉托緹才不怕區區松脂呢！看我砍斷松樹！」

「先等一下。妳每一次都太過粗魯了。」

萊卡向芙拉托緹抱怨。

「雖然她在此處興建神殿是問題，但我們也沒有權利否定她在南提爾州傳教。找找看是否有妥協之處吧。」

「那麼就拿松樹當柴燒吧。」

這對蜜絲姜媞而言，應該不算妥協吧。

這時候，有兩人迅速從座位上站起來。

「各位，請等一下！」「這裡就讓夏露夏與姊姊妥善地總結吧。」

法露法與夏露夏擺出類似決定性姿勢並表示。

或許她們想展現帥氣的一面，不過好可愛。真的好可愛。

「蜜絲姜媞小姐，感謝您的美好結婚典禮，也讓法露法與夏露夏幫忙您吧。」

「夏露夏與法露法也是史萊姆妖精。同樣是妖精，所以有困難時要互相幫助。」

「謝謝你們！這個恩情一輩子都不會忘記捏！」

妖精可以這麼輕易表示一輩子都不會忘記嗎？

「既然兩人這麼說，那就不砍樹了……」

芙拉托緹似乎也接受了兩個女兒的仲裁。

「說要砍樹是開玩笑。芙拉托緹也沒有那麼粗魯。」
「不，吾人可以斷言，她剛才是真的打算砍樹。」
萊卡說得斬釘截鐵。

◇

之後，在法露法與夏露夏兩人的奔走下，弗拉塔村的空地成立了『蜜絲姜媞神殿弗拉塔村分院』。建築物是移設之前松樹上的那一棟，兩人是我高原魔女的女兒，因此村民都爽快地答應兩人的委託。而且土地本來就有剩。
「這樣就暫時放心了呢！希望能成為大家可以隨意前來參拜的地方！」
「在周圍種植松樹的話，應該會成為自然又深奧的氣氛圍繞的神殿。」
兩人都眺望移至村子內的神殿，一臉滿足地微笑。
「真是太感謝了捏！從這裡將松樹妖精的信仰擴展至南提爾州全境吧！」
蜜絲姜媞似乎也打從內心感謝。如此應該大功告成了。
嗯嗯，村子裡多一座神殿也沒什麼問題呢。
接下來神殿的經營可要確實上軌道啊。
「希望十年後，所有人都認為不在蜜絲姜媞神殿舉辦結婚典禮很奇怪，以這樣的社會為目標捏！」

這好像有點過頭了……村子與鄰鎮的居民似乎都對新的神殿饒有興致，好幾人前來觀摩。機會難得，請各位買幾個妖精本人親自製作的護符吧。

然後，其中也有十分認真的顧客——就是公會職員娜塔莉小姐。

「這裡可以接受婚姻諮詢吧！拜託您！請松樹妖精大人親自指點迷津！」

娜塔莉小姐的眼神是認真的……原來她這麼想結婚啊……

話說回來，娜塔莉小姐可能因為與蜜絲姜媞有一面之緣，所以看得見她。

其他人倒是不知道蜜絲姜媞本人已經來了。因為多數妖精平時不會在人的面前現身。雖然也有像悠芙芙媽媽這樣一半融入人類社會的妖精。

「知道了捏。就幫妳舉辦自古以來持續的松樹妖精結婚占卜吧，肯定能提供妳最好的結婚建議捏。」

哦！蜜絲姜媞也進入認真模式啦！

——不過，做法卻十分樸素。

只見蜜絲姜媞在娜塔莉小姐身邊排列松果。

「喝呀捏，嘿呀捏，喝呀捏，嘿呀捏。」

還有，喊聲聽起來好蠢。

「呃，只不過是一直將松果放在地上而已，這樣就能知道了嗎……？」

娜塔莉小姐似乎也愈來愈不安。畢竟一點也不莊嚴嘛。

「相信我捏。只要由我預言婚期，百分之八十的人會在那個時間點結婚捏！」

「機率很高呢！我知道了！我相信！」

於是娜塔莉小姐雙手互握閉起眼睛，靜靜祈禱。

不久，大約在娜塔莉小姐周圍放置了一百個松果左右的時候——

「娜塔莉小姐，有結論了捏。」

蜜絲姜媞以很有妖精風格的莊嚴聲音開口。

「好、好的！請問如何呢？」

不過蜜絲姜媞的表情隨即又鬆懈下來。

「婚期暫時不會來臨喔～耐心等候捏。」

「欸～！這是怎麼回事啊！」

聽得娜塔莉小姐向蜜絲姜媞抗議。

「人生嘛，等待很重要捏。因為是松樹啊。」（註7）

註7 日文等待與松樹同音。

© Benio

「講這種無聊冷笑話我無法接受！真的有確實占卜過嗎？」
「至少有七年連個影子都沒有捏～」
「時間也太長了吧！這樣我很困擾耶！不如說早知道就乾脆別問了！」
的確，聽松樹妖精這麼說的話，可不是開玩笑的呢……
「我願意出錢，拜託幫我介紹個帥哥吧！」
「我可沒有這種能力捏！」
「算了，我受夠了！我要利用公會的網路，與年輕又帥的公會職員步入紅毯！看我證明占卜的結果是錯的！」
「就是這種幹勁捏！占卜終究是占卜，道路需要靠自己親手開拓捏！」
「總覺得聽到這種加油，更加一肚子火耶！」
雖然不太清楚，但娜塔莉小姐拿出幹勁，其實也不錯不是嗎？
只不過看到兩人的互動，我同時也帶著一絲不安。
這種神殿，真的能在弗拉塔村扎根嗎……？

完

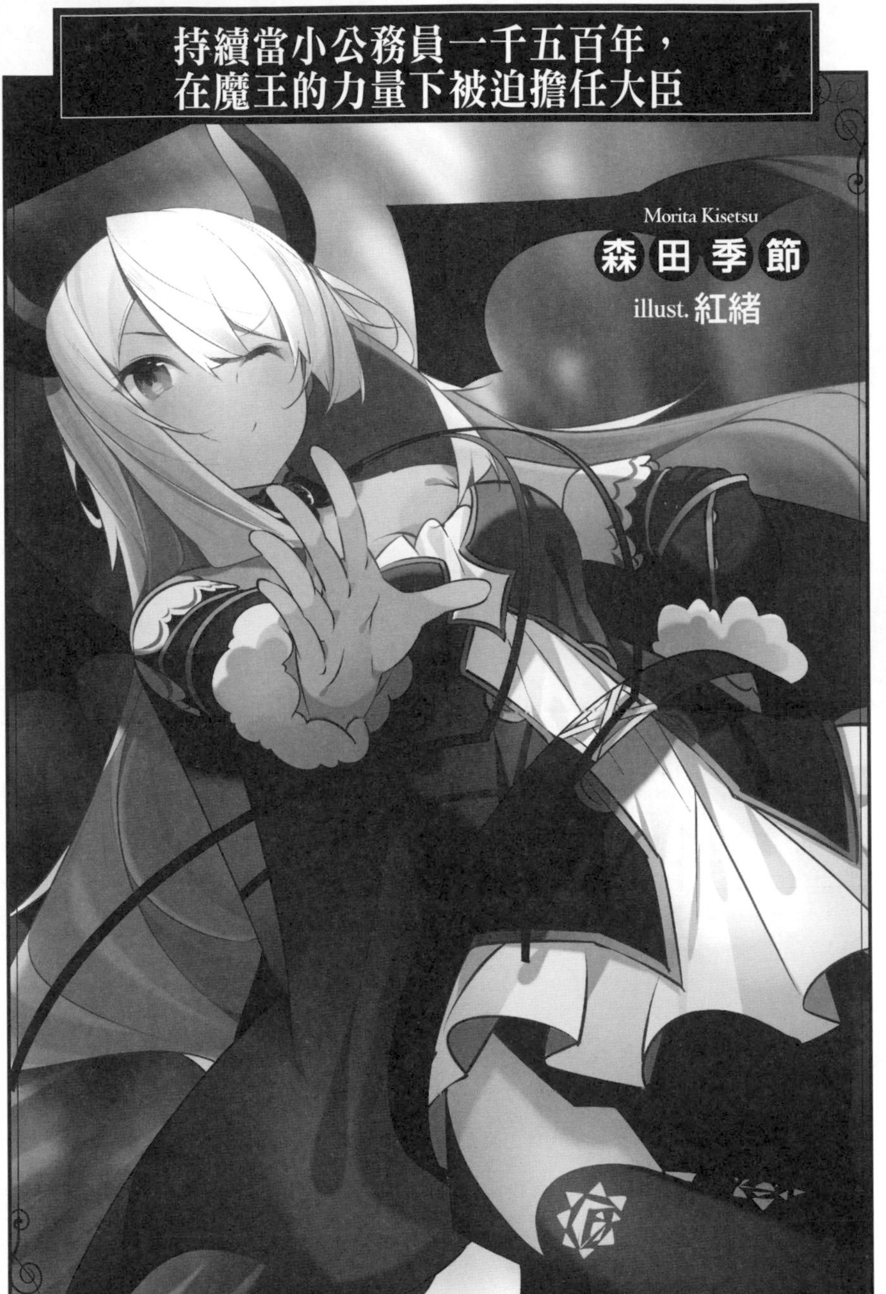
持續當小公務員一千五百年，
在魔王的力量下被迫擔任大臣
Morita Kisetsu
森田季節
illust. 紅緒

前去監察卻差點被收買哪

She works as a public employee for 1500 years

「一、二、一、二、一、二！」

最近，小女子上班前會在城堡的內護城河周圍跑步。

也就是俗稱的早晨活動吧。

一大早牽著地獄犬散步的行人（一般人也可以進入內護城河的外側）問候，

「哦，正在減肥嗎」。

其實這不是為了減肥而跑，而是為了更不一樣的目的努力。

功課的內護城河兩圈跑完，在樹蔭下休息時，有人站在面前。

「一大早就這麼有幹勁呢，農業大臣別西卜小姐。」

站在小女子面前的，是提拔小女子當農業大臣的主事者魔王大人。

魔王普羅瓦托·佩克拉·埃莉耶思，今天獨自一人撐著陽傘。

據說她會幾乎不帶隨從，出現在城堡的各個地方。

事實上小女子就遇過好幾次魔王大人，肯定不會錯。

「這不是魔王大人嗎？」

正當小女子要站起來，魔王大人伸手制止。

「妳就是這樣鍛鍊身體的吧，為了發揮不負大臣身分的實力。」

「穿幫了嗎……」

「自己的部下我都瞭若指掌喔。」

說著，魔王大人同時坐在小女子身邊。

雖然喜歡惡作劇，但她的個性並不喜歡擺架子。即位當初還有魔族感到不安，最近則做為做事果決的魔王，評價也愈來愈高。

「好歹也是大臣哪……如果贏不了屬下，可就太沒面子了……」

是的，即使在公務員之間，魔族的世界依然有推崇戰鬥力強大者的風潮。

由於過去曾經與人類戰鬥，或許此觀念遺留至今也說不定。

頭腦迂腐的人還表示，晉升至大臣等級後，必須具備足以輕易讓人類陷入恐懼的力量才行。

直到現在，會晉升至大臣等級的貴族家系，都會從小徹底鍛鍊，讓臂力與魔力都高人一等。

魔族的世界可沒有所謂的貴族紈褲子弟。貴族身分者基本上都很強。

「最近不只打擊力道，好像連冰雪魔法都強化了不少。要繼續成長下去，這個哪，至少得輕鬆打贏兩名利維坦祕書官才行……」

主人必須比屬下強的固定觀念，在魔族中根深柢固。

至於如果主人這麼強，屬下豈不是不用戰鬥的質疑，其實與敵人交手時都由屬下先出擊。戰記與小說都有不少這種描寫。

而且提到利維坦，在魔族中也相當了得。

據說迎戰人類的話，足以匹敵一萬兵馬。

「只要維持這樣持續努力，肯定能達成目標。我如此相信呢。」

魔王大人向小女子面露微笑後，隨即又前往他方。

「努力嗎……希望努力有回報的一天會來臨哪……」

◇

小女子巡視部門後，發現氣氛似乎緊繃多了。

嗯，看來小女子的威嚴多少也增加了。

成為農業大臣大約八個月後。

在省內的工作方式似乎逐漸受到認同。

照這種情況來看，下星期請一天帶薪休假可能也沒問題。

就當作感冒之類，隨意找一天休息無所事事吧。

若要說有哪一點問題，就是豪宅太寬廣了，很難無所事事。要無所事事，在獨房內感覺比較合適。在豪宅內的話，空虛感反而可能愈來愈強烈……

「別西卜大人。」

心想無關緊要的事情時，只見法托菈已經在面前等待。

「究、究竟有什麼事……」

「下週接到了緊急工作。」

「緊急嗎？好吧，無妨。因為目前小女子已經精通省內的大多數工作了哪！」

「不，是出差。」

哇咧……出差倒還不太習慣哪。畢竟小公務員時代幾乎沒有要出差的工作。

「內容是監察。之前有個農務省幹部垮臺，這次要前往他的親戚經營的水果農場檢查。因為農場與幹部之間可能有勾結。」

「不能派其他人去嗎？」

「此事需要由農務省長官親自出馬，向民眾宣示農務省本身並未與該農場勾結。另外，這是魔王大人頒布的命令。」

瓦妮雅也從一旁上前。

「上司，務必要去這一趟！我們去吧！」

「為什麼妳會這麼開心？難道趁出差嘗遍當地美食是妳的興趣嗎？」

「地點是在水果農場喔！可以吃水果吃到飽耶！」

「再怎麼說旅行的心情都太強烈了哪！更何況，怎麼能在監察對象當地吃東西呢！」

「不，或許出乎意料地沒這麼嚴重喔。甚至嘗試挑戰的可能性都不為零耶！」

為什麼在這方面特別熱衷啊……

附帶一提，之後瓦妮雅被法托菈臭罵了一頓。

◇

於是小女子與兩名祕書官前往『貝魯剛迪爾水果農場』。

另外，這一次移動是搭乘化為超大型飛行獸，利維坦原本模樣的法托菈。

「這完全就是飛艇哪。」

小女子瞥了幾眼從上空見到的景色，同時檢閱帶來的文件。瓦妮雅也在一旁幫忙。

利維坦本體身上還林立著幾棟建築物，小女子也在其中。

「這才是利維坦的醍醐味呢。很久以前可以自由在天空翱翔，但是有撞到龍族等其他生物的危險，因此現在沒有事先獲得許可就不能飛了。」
「利維坦的世界也不好混哪。」
怎麼可能贏過這種種族呢，小女子在內心嘆氣。
得進行超乎想像的修行才行……不，就算修行，個人怎麼可能贏得了戰艦……
「所以姊姊成為公務員，我也有樣學樣參加公務員考試。從廚藝學院畢業後，其實直接當廚師也可以，但是姊姊說我不擅長經營，所以我才放棄。」
「原來妳是從廚藝學院畢業的啊。小女子對屬下還有很多事情不知道哪。」
這時候，傳來類似艙內廣播的聲音。
『瓦妮雅，光顧著聊天手停下來了喔。好好工作。』
原來如此……法托菈連乘坐在身上的我們都確實盯著嗎？
『這一次視察的農場，原本有將三流程度的水果當成一級廣泛出售，賺取暴利的嫌疑。甚至還指出有可能逃漏稅。』
「各方面都糟透了哪……」
『之前就曾經懷疑過，還派人監察，但兩次的結果都是沒發現問題。』
「那麼，不是已經證明清白了嗎？」
『只不過，據說當時有農務省幹部妨礙，或是反而派受到幹部指使的人監察之類，所以這一次的戰術是委派沒有任何人情包袱，平民出身的別西卜大人出馬。』

雖然被說是平民有一點不爽，不過這是事實，沒辦法。

「總之，就徹底調查一番吧。」

可是，對象企業可能嫌疑重大，總不會突然遭受攻擊吧……魔族之中還有不少人血氣方剛，可不能大意。

『一旦有危險，我和瓦妮雅一定會保護您，敬請放心。』

自己果然還是受到保護的一方哪。

「歡迎各位大駕光臨！敝人是『貝魯剛迪爾水果農場』的經營者，貝魯剛迪爾！」

一抵達目的地，隨即受到獨眼魔族的邪眼族笑容迎接。身後甚至還有舉著「歡迎！」旗幟的職員。

「哦，好像與意料中不一樣哪……」

「我也有點吃驚呢……」

連平時沉著冷靜的法托菈都不停眨眼。一旁的瓦妮雅則很有精神喊著「謝謝各位！」並揮揮手。

「各位長途跋涉辛苦了。首先請在辦公室好好休息吧，期間內會為您準備監察用的資料！」

於是小女子直接被帶領進入辦公室。

「法托菈啊，監察是這樣的嗎？難道不是更加森嚴嗎？怎麼與小女子認知的監察大相逕庭……？」

以前在農業政策機構從事的監察，頂多只在同省內的組織進行，即使敷衍了事也行。但若是外部監察，多半連詳情都不一樣。

「不好意思，我也沒有太多監察的經驗……」

換句話說，全都是監察的外行人嗎？這樣真的沒問題吧？

話雖如此，既然什麼也沒發生，代表是好事。

總之有監察之實比較重要。

「各位，這裡就是辦公室！」

在帶領下來到的是玻璃帷幕，能看見溫室庭園，宛如咖啡廳般的空間。

桌子與梁柱都是純白色，的確很明亮。有自我感覺良好的氣氛。

「哇～！真是有趣呢！而且庭園裡還有棲息地不在這一帶的色彩繽紛鳥類喔！」

瓦妮雅的觀光客興奮之情已經深入骨髓。諸如南方國度的鳥，的確可能是首見。是鸚鵡的同類嗎？

「這裡真的是辦公室嗎……？」

「是的，只要準備良好的環境，就能提升工作效率，是基於這種資料設計的喔！」

半信半疑地坐在完全像咖啡廳的座位後，這次換其他職員上前表示「這是飲料」並準備了果汁。

「這是只使用農場水果擠出原汁的新鮮果汁。甜度較低，對美容也效果滿分呢。」

經營者貝魯剛迪爾一臉笑咪咪表示。

「是、是嗎……這個，端出飲料招待也不足為奇哪……」

喝了一口後，發現十分爽口，清爽的甜味直竄鼻腔。

這可是絕品呢。

小女子不由得與法托菈面面相覷。

「別西卜大人，這杯果汁是真正的味道呢。」

「小女子也這麼認為。」

瓦妮雅已經喝得一乾二淨，要求第二杯。

「妳啊，應該再稍微懂一點分寸才對哪……」

「可是這對美容很有效喔!?當然想趁機多喝點啊！」

她對於這是工作也忘得太徹底了吧。即便如此心想，小女子依然再要求一杯。這種品質倒是希望附近的市場也能販售呢。

「好、好吧，算了……只要好好監察就行了哪……」

以餐巾擦拭嘴邊，小女子同時表示。其實沒什麼問題。

這時候監察用文件送來了。多半都是會議紀錄之類。

不過，同時還端出了奇怪的東西。

這次是水果什錦拼盤的蛋糕組合。

「貝、貝魯剛迪爾經營者殿下，這究竟是……？」

這裡不會真的是咖啡廳吧……？

「這個啊，提到監察，不是得一項一項盯著詳細數字看才行嗎？甜食對頭腦疲勞最有效了。以敝公司的水果讓頭腦清晰，肯定也會對工作有幫助。」

「原、原來如此……聽你這麼一說，或許真的是這樣……」

一瞬間，彷彿聽到「真好騙」的聲音。

「貝魯剛迪爾殿下，你剛才說了什麼嗎？」

「不，什麼也沒有。請努力工作吧。」

一邊盯著文件，小女子也以叉子叉起水果蛋糕。

送進嘴裡後，發現美味驚人！

「這股適中的柳橙酸味與甜蛋糕渾然一體地交織哪！輕灑的砂糖就像細雪一樣！」

「嗶～！連城下町都找不到這種等級的美味呢！來出差真是太好了～！」

「別西卜大人，瓦妮雅，工作的目的可不是吃蛋糕啊……………真、真好吃……惡魔般的美味……」

咱們滿面笑容，同時勉強完成分內業務的第一波監察。

在範圍內並未發現什麼大問題。

工作告一段落後，經營者貝魯剛迪爾再度前來，表示「要不要觀摩農場等地當作轉換心情」。

「可是，如果花在監察上的時間錯開，不是也會對公司造成麻煩？」

「不會，敝人認為讓各位看見敝公司生產優質水果，也是監察的一部分。因此敬請各位確認敝公司絕無生產三流水果！」

「是、是嗎……有道理哪……」

「哇～！觀摩工廠！是大人的社會教學喔！」

「瓦妮雅，妳太興奮了啦。不過……確實滿感興趣的呢。」

說了這麼多，即使瓦妮雅並未溢於言表，卻清楚感受到她十分期待。

再度彷彿聽到經營者說出「有夠好騙」，難道是聽錯了嗎？

在帶領下來到的是溫室內。

「由於魔族的土地偏北，較為寒冷，因此像這樣製作溫室，就能供給南方的各式各樣水果。」

經營者如此附加說明。的確連水果都色彩繽紛，很有南方國度的風貌。

「姊姊姊姊！大鳥乘坐在我的背上了喔！」

「少說幾句話好不好。還有，之後也讓大鳥乘坐在我背上。」

結果還是要讓鳥乘坐啊。

看來變成姊妹旅行了呢。由於官員十分忙碌，這樣或許也不錯。

不……不對，不對，這可不是旅行哪。

「貝魯剛迪爾殿下，差不多該回去監察，否則不太恰當了哪……」

「是的，敝人明白了。那麼就前往辦公室吧。」

這次端出來的是高級混合果汁，咱們調查會議紀錄。

似乎沒有什麼不透明的金錢流動。

「雖然適當地間隔休息，但眼睛愈來愈疲勞了呢。」

認真的法托菈是短時間內一口氣集中工作的類型，但這次分量太多，還正在出差，所以在分配速度上似乎出了錯。

「我也快要睡著了呢……」

「瓦妮雅，妳則另當別論，不准睡。話說，畢竟是樸實的工作，小女子也不是不明白會想睡覺……」

連小女子都拚命忍住打呵欠。由於當小公務員的時候長期做樸實的工作，還有抵抗力。話雖如此，忍不忍得住與有不有趣卻是完全不一樣的問題。

即便如此，小女子在監察中睡著的話，會丟整個農業省的臉。

現在必須忍耐，忍耐……

這時候邪眼族貝魯剛迪爾再度進入。

「各位似乎累了呢。敝公司也有負責美體的女性職員，要不要試試看美體呢？」

一瞬間，小女子好不容易才忍住露出笑容。

「嗯……很高興你的心意，但這麼殷勤不就變成招待了嗎……」

「集中力中斷導致看漏的話可得不償失了喔。清除體內的老舊廢棄物，讓心情煥然一新後再工作或許比較好。」

嗯，實在有種被花言巧語操縱的感覺。如果不在這裡阻止的話，該不會一發不可收拾吧……

「這種想法也有道理。可以拜託他們嗎？」

連理應頑固的法托菈都點頭了！

不，反過來思考。

既然法托莅都說好，代表其實沒什麼問題吧？

「知道了。那就拜託你安排什麼美體吧。」

經營者彷彿咧嘴賊笑，難道這也是小女子多心嗎？

——美體一言以蔽之，是天堂。

魔族用天堂這種形容詞很奇怪，但就是這麼舒服。將熱毛巾敷在眼睛上，打盹的期間內施術就完成了。

身體的確變得輕盈，臉似乎變得比以前小。

「上司，您變得好可愛喔！」

「瓦妮雅，恭維話就免啦，不過妳的肌膚似乎也變緊致了哪。」

「如果我沒有因為工作疲勞，不就能更加閃耀了嗎……」

結果三人看法各異，咱們都十分滿足。

在小公務員時代，該說幾乎不曾考慮過這種美體嗎，總是拿錢去買便宜的酒與下酒菜在家裡喝，但原來也有這種幸福哪。

然後以暖烘烘的身體，再度回到檢視文件的工作後，發現已經晚上了。

「唔～工作先暫告一段落吧！剩下的只有明天上午了！」

瓦妮雅伸了個懶腰。這個時間以業務而言的確正好結束。

「那麼，就去吃個飯吧。總不好意思讓監察對象請客，到外面的店去吃。」

從不多的店鋪中，選了一間有點時髦的餐廳進入。

如果過度受到監察對象的款待，就無法發揮監察的功能了。

總覺得今天有一點殷勤過度了。明天好好活用這份反省吧……

——可是，連在餐廳都發生奇妙的情況。

店家不斷端出明顯比點的菜色還要豪華的料理。

「哎呀呀……我們有點這種像全餐的菜嗎？」

「既然瓦妮雅沒有點，代表沒有人點喔。」

小女子感到奇怪，詢問店員是否弄錯了。

「噢……其實各位正好是本店第五千組顧客，因此以相同價格為各位準備特別套餐。」

店員如此表示。

而且莫名其妙地別過視線。

這是問心有愧時的態度。

於是小女子確信。

不論怎麼想，都很奇怪。

另一方面，瓦妮雅已經醉得不省人事，法托菈則吃太多，難受地捧著肚子。

今天她們兩人已經掛了哪……

◇

當天，三人在旅館先登記住宿後，小女子隻身回到農場。

然後逼問加班的職員。

「經營者殿下還在嗎？」

「不，已經回去了吧……如果有事的話，方便明日再來嗎？」

小女子咧嘴一笑。

沒錯，經營者不在的此時正是大好機會。

「就算他不在也無妨。雖然之前已經提交了監察用的文件，但能不能帶小女子前往文件本身擺放的藏書室哪。」

「咦!?現在嗎!?」

「監察可沒有規定不能在夜間進行哪。趕快打開吧。別擔心，只是檢查一下是否有個人的疏漏而已。所以小女子才獨自前來不是？」

職員無可奈何只好打開藏書室。

憑藉僅有的一盞小提燈亮光，小女子仔細地確認啟人疑竇時期的會計紀錄。之前實在接受太多款待了。

肯定有蹊蹺。

然後，大約過了十五分鐘左右——

抓到了明顯只有奇妙兩個字能形容的金流。

「公司花了一大筆錢。而且，完全不曉得這筆錢用在什麼地方。」

這時候，人影出現在藏書室。

是邪眼族經營者，貝魯剛迪爾。

「農業大臣，這麼晚了還對工作這麼熱心啊。身分如此尊貴，何必做這種無聊的工作呢。」

這番話總覺得帶有幾分挖苦。

「哼！畢竟小女子是突然被拔擢成為貴族哪。也從事過很長時間的會計處理業務，甚至曾經因為對不上連吃一餐都不夠的金額，反覆校對了好幾遍帳簿。所以才會隱約察覺出那裡有問題哪。」

「發現了什麼不自然之處嗎？」

「雖然尚未詳細調查，但是幾乎可以確定，你與擔任農務省幹部的親戚有不透明的資金往來，要求對方放水。另外可能還有冒稱產地與使用過了賞味期限的商品，各式各樣的不法勾當，不過接下來就是會計檢查局人馬與警察的工作啦。」

「終於被妳查出來了嗎？」

貝魯剛迪爾不知拿著什麼東西。鈍器嗎？難道想當場打架？

小女子提高警覺。畢竟是魔族大臣，才不會輸給區區邪眼族！

可是，雖然那東西也能當成鈍器，但貝魯剛迪爾並未如此運用。

「這樣可以商量商量嗎？」

邪眼族貝魯剛迪爾遞出的東西是——

堆成金字塔型的金塊！

「別西卜大人，不，既然是貴族，應該稱呼別西卜卿吧。妳剛剛成為貴族，還完全沒有經濟基礎。而這座農場，可以幫妳建立經濟基礎喔。」

「想用這些收買小女子嗎？」

小女子瞪著貝魯剛迪爾。

「老實說，我十分同情妳。在毫無後盾的狀態下，即使被拱上農業大臣，抵抗勢力依然比比皆是，一個不小心隨時都會被切割。明年，甚至後年就有可能被趕下臺。難道不該至少為了退休後存點錢嗎？」

「你這番言論是對的。像小女子這種人，就像一吹就飛走的蒼蠅一樣。」

小女子緩緩接近金塊。

「沒錯。與這座農場一起賺大錢吧！」

然後——

以右手掃開金塊，一掌打掉。

「少狗眼看人低！小女子也最喜歡快腐敗的水果，卻絲毫不想與生性腐敗的人勾結！聽到不堪入耳的話想洗洗耳朵，去端涼水來！」

只見邪眼族的表情一下子變得冷酷。

手裡緊緊握住金塊。

「平民出身還敢這麼囂張！現在就受死吧！」

眼看邪眼高舉金塊。金塊的確也可以當成鈍器！

慘了！這樣施放冰雪魔法會來不及！

勉強躲開第一次攻擊。

但是，這種環境根本不適合戰鬥。

「在這種狹窄空間，無法畫魔法陣！」

「沒錯！好啦，嘗嘗苦頭吧！」

眼看邪眼族緩緩逼近。該怎麼辦？要不管三七二十一接近他嗎？不，在那之前就會遭到毆打了……就算要飛行，也幾乎沒有空間……

但是，就在金塊即將砸中小女子之前——

男子緩緩往前栽倒。

後方出現兩名利維坦姊妹的身影。

「別西卜大人，這種單獨行動很傷腦筋呢……」

「哎呀～真是千鈞一髮呢～不過只要結果ＯＫ，那就一切ＯＫ～」

「法托菈，瓦妮雅，妳們趕來了嗎!?」

瓦妮雅開心地不停點頭。

「既然認真的上司行蹤不明，回到現場不是很自然的嗎！」

一放下心中大石，頓時腳軟，小女子當場癱坐在地上。

法托菈則將小女子扛起來。

鬆了口氣後，一股自責的念頭頓時逐漸湧上心頭。

明明是魔族大臣，卻如此虛弱。

「真抱歉哪……小女子身為魔族的實力還不夠……實在贏不了妳們兩個利維坦。

真是愧對別西卜之名……」

「請上司不要會錯意。」

聲音略微冷淡的法托菈開口。

「我侍奉的是身為農業大臣，專心處理政務的別西卜大人。並非對力量俯首稱臣。」

「別西卜大人力有未逮時，就由我們負責扶持囉～！」

「真是感謝妳們兩人啊，感激不盡……」

聽得小女子不顧身分，淚流滿面。

◇

監察的結果，在農園逮捕許多嫌犯的幾個月之後——

「嘿！嘿！」

小女子與法托菈和瓦妮雅一起練習過招。

首先是提升踢腿與拳擊威力的特訓。

一定要成為具備中頭目級力量的農業大臣！

「不錯喔，別西卜大人。」

擋住攻擊的法托菈試圖以誇獎鼓勵小女子。

「如此實力就達到農務省的課長級了。」

「才課長級而已嗎……」

聽得小女子差點大失所望，但不能洩氣。怎麼能就此洩氣。

「不不不，上司，您已經變強囉！如果有三位上司，我就會輸囉～」

「這個前提就有問題吧！小女子哪能分身成三人出現哪！」

瓦妮雅的稱讚方式有點不對頭。

「不過，若是之前討厭的邪眼族程度，目前的實力可以輕易擊敗他喔～」

聽得小女子停下動作。

「這是真的嗎？」

「我也可以保證。別西卜大人的確已經變強了。」

既然法托菈也這麼說，多半是真的吧。

好，還要變得更強哪。

小女子要成為優秀，不輸給任何人的農業大臣。

哎呀……小女子什麼時候以此為目標了啊……原本不是當個懶散的小公務員嗎……

這時候，撐著陽傘的魔王大人再度路過。

咱們立刻停止練習，迅速敬禮。

「魔王大人早安哪。」

一臉微笑的魔王大人接近咱們。總覺得似乎又有什麼企圖……

「別西卜小姐，這是命令。稍微低下頭可以嗎？」

魔王大人一臉笑容表示。難道是指小女子太高傲了嗎？無論如何都是命令，無法拒絕。

「……明白了。」

於是小女子彎下腰，傾斜身體。

「嗯，做得很好喔♪」

只見魔王大人伸出手——

不知為何，輕輕拍了拍小女子的頭。

「魔王大人……？」

「就是這樣。只要持續這樣努力，肯定會有辦法的。別西卜小姐可是我慧眼相中的呢。」

明明貴為魔王的魔王大人，卻像小惡魔一樣呵呵微笑。

「如果不變得更強，成為我的左右手可就傷腦筋囉。」

然後，魔王大人略為改變陽傘的方向，就此離去。

小女子一頭霧水地歪著頭。

「別西卜大人，您該不會讓魔王大人十分中意吧？」

法托菈如此詢問。

「老實說這是謎團哪。小女子也不太明白那一位。」

© Benio

「或許從一開始，魔王大人就看穿了別西卜大人的素質也說不定。」

素質嗎？

如果有的話倒是值得高興，即使沒有，要做的事情也一樣。

「來，繼續訓練吧！這個月之內要練到部長級的實力哪！」

狠狠教訓聽不懂人話的貴族哪

She works as a public employee for 1500 years

「——以上，身為農業大臣的報告完畢。」

小女子一臉得意地如此表示後，跟著就座。

目前正進行在魔王大人的尊前召開的大臣會議，也可說是魔族政治的根基。

其他大臣也有「真是精采的回答呢」「已經沒有從底層提拔的模樣了」等稱讚。

很好很好，多說一點。

晉升為農業大臣過了好幾年，現在覺得自己完全融入了這個職位。

「別西卜小姐，感謝妳。如今妳已經是到哪裡都不負頭銜的優秀大臣囉。」

連魔王大人都笑咪咪地稱讚小女子。

「您過獎了。一切都是魔王大人的德行籠罩整個魔族世界所致。」

小女子同樣以慣用的形容詞回讚魔王大人。

目前可能是小女子人生中最輝煌的時刻也說不定。

順利完成分內職責，也受到屬下的愛戴。

瓦妮雅雖然經常凸槌，但是都安然度過難關。像是前幾天，甚至還接受女性向雜誌的採訪。

說白了，就是「目前特別朝氣蓬勃的五名女性魔族」特集。

雖然有收到樣品，不過個人自掏腰包買了十本，還發給法托菈與瓦妮雅姊妹。雖然被法托菈說「真是再明顯不過的自誇」，其實又有何妨。

附帶一提，這本雜誌同時也刊登了魔王大人。魔王大人年紀尚輕，以魔王的身分穩健地統治魔族。因此接受雜誌專訪並刊登也不足為奇。

「我的德行嗎？但是很可惜，還是有些地方未必如此呢～」呼。

魔王大人故作姿態地嘆了口氣。

整體而言，魔王大人顯得演技過剩。話雖如此，歷代魔王大人整體上都有許多誇張的表現，或許是一脈相傳也不一定。

「看，在我掌權上任的時候，不見得會提拔新人與派系不是嗎？如此一來，無論如何都會出現失去特權的人，或是力量衰退的人吧。由於這些因素，必然有人心生不滿或抱怨呢。」

「豈有此理。膽敢違抗魔王大人者，可不能輕饒哪。」

連這種發言都可以立刻說出口了。

已經不像剛就任的時候，瑟縮害怕得不敢開口。

其他大臣也跟著表示「真是豈有此理」、「讓這種人見識地獄吧」。

「非常感謝各位。正好，目前有某個地區遲繳稅金，我正傷腦筋呢。雖然當地的領主以歉收為理由表示無可奈何，但實在很像存心反抗我呢～」

諸如歉收而無法繳納稅金，或是不提供優惠就無法承擔之類，是從以前就有的典型拖延用藉口。

「別西卜小姐妳怎麼看呢？」

「這種人就應該逼他繳納才對！如果對方宣稱歉收，最好派負責人到當地掌握實情較為妥當。」

「嗯，妳說得對。」

這時候，魔王大人露出微笑。

不知為何，感到一股發顫的寒意。

「繳不出稅金的是艾納溫族的納斯托亞卿那邊。」

哎呀，這個名字怎麼好像在哪裡聽過……

「曾經在農務省掌權，原本據說是下屆農業大臣，卻因為營私舞弊而垮臺的人喔～」

　慘了！這與小女子有大大的關係！

「正好，還有前任農務省實力派的問題，別西卜小姐，能幫忙去一趟解決問題嗎？」

　事到如今想拒絕也不可能。

「屬下明白了……」

　小女子只能點頭同意。

◇

「別西卜大人，這可是非常傷腦筋的情況喔。」

　回到大臣室後，法托菈半瞇著眼迎接小女子。

「提到艾納溫族的納斯托亞卿，不就是原本趁新魔王大人就任機會，眼看就要成為農業大臣，卻反因貪汙受到追究，躲在領地內足不出戶的大貴族嗎？結果成為農業大臣的別西卜大人要登門踏戶嘲諷……哎……」

「啊，情況果然變得很不妙哪……」

「有可能無法活著回來喔，真的。雖說是艾納溫族，但納斯托亞卿可是超高等魔族呢。」

附帶一提，艾納溫族是類似植物妖精的種族。

嚴格來說不能算魔族，但魔族在這方面的界線非常寬鬆。

像是長翅膀啦，頭上長角啦，有尾巴啦，一隻眼睛或是三隻眼睛之類，這方面的差異實在太多了，因此對細節並不在意。

瓦妮雅發抖的程度更甚於小女子。

「我不要！我不要！艾納溫族的土地連飯都不好吃！只有像雜草的料理而已！」

「妳絕望的要素也太奇怪了吧！」

「住在料理難吃地區的人，都莫名地禁慾還心胸狹窄！納斯托亞卿與其跟班不僅個性超差，還是特別愛計較小地方的一群人耶！」

※**這是個人，應該說是瓦妮雅的感想。**

「可是，既然農務省的大人物已經在領地引起問題，由現任首長小女子親自出馬解決，才說得過去吧。」

「不是有徵稅官之類的嗎？照理說是由厲害的死靈法師之類組成喔……拜託他們去嘛……」

「徵稅官有如講好了一樣，聽說都宣稱罹患流行性感冒而去不了哪。」

「換句話說，就是共謀吧。想推卸麻煩的工作對吧！」

「算了，冷靜點，冷靜點。就算是艾納溫族也不會下毒手的。畢竟同樣都是魔族啊。」

「正因為都是魔族才麻煩啊！若是人類的話，就算遭受攻擊也絕對能報仇，但魔族很可怕耶！」

為什麼明明是利維坦族，卻怕成這樣啊。

「總之，還是得去哪。工作很簡單，就是叫他繳稅而已。下星期就出發。」

「當天正好是肚子痛的日子，所以去不了——」

「瞧不起人哪。」

小女子對瓦妮雅的頭部側面使出電鑽手。

「拜託！這可是暴力喔！不折不扣的職場內暴力行為！」

「瓦妮雅如此表示，法托菈，妳怎麼看？」

「我什麼都沒看見。今天正好是看不見妹妹的日子。」

法托菈一下子就倒戈到小女子這邊。

忠誠的祕書比起妹妹似乎更願意挺上司。

「我去啦……我去就是了，拜託別再鑽了啦！」

於是，咱們決定前往艾納溫族的納斯托亞卿領地。

◇

當日搭乘化為利維坦巨大真面目的瓦妮雅，前往艾納溫族的土地。

某種意義上，這才是利維坦族的工作，亦可說是讓瓦妮雅做足面子。

可是，卻發生了很大的問題。

「這也晃得太厲害了吧！」

小女子準備飲用的咖啡杯，連同桌子飛到房間牆壁上。

因為瓦妮雅太過傾斜了。

「不好意思，妹妹駕駛技術很差。」

原以為法托菈可能已經習慣，一臉不在乎地站著，結果只見她抓著從房間天花板垂吊，類似圓圈的東西。

「妳手中抓的是什麼啊……？」

「這個叫做吊環。傾斜或搖晃的時候迅速抓住，就能維持平衡。」

「搭乘利維坦還真是辛苦哪……」

『對不起啦。一想到要去艾納溫族的土地，壓力就導致妨礙駕駛……』

瓦妮雅的廣播在整間房間內響起。這方面的系統與姊姊法托菈倒是一樣。

「忍耐一點。妳不是利維坦嗎？就算對方先挑釁也打得贏吧。」

『艾納溫族很陰險耶～該不會動什麼小手段吧……』
「可是，說不定會出乎意料，像幾年前農場那時候，唯有接待特別殷勤喔？」
『那是因為上司您不了解艾納溫族啦～他們才沒那麼大方呢。』
艾納溫族到底有多麼惹人厭啊。
如果在公開場合講這種話，會因為種族歧視一下子成眾矢之的吧。
「關於這一點，或許妹妹的說法才是對的。」
抓著吊環的同時，法托菈開口。
「艾納溫族是內心殘忍無情的人。絕對不能掉以輕心。而且他們有強烈的名門意識，因此應該恨不得除掉別西卜大人吧。」
「拜託拜託……別太嚇唬人哪……」
「這不是嚇唬。話雖如此，別西卜大人目前的實力也完全不是剛當上農業大臣時可以比擬，或許不至於束手無策。」
一邊心想要以戰鬥為前提，小女子也跟著抓住空的吊環。
因為瓦妮雅又劇烈傾斜。
乾脆以自己的翅膀飄浮算了……

然後，咱們前往納斯托亞卿之處。

向擔任守門人的艾納溫族表明來意。

由於是艾納溫族，腳的部分就像植物的根部。

「明白了。當家很快就會前來，請稍後片刻。」

既然對方如此告知，就在門口等待。

原本想叫對方放行，但一下子就來勢洶洶可不好。就在此處等待吧。

◇

——過了十五分鐘。

「請問，難道還沒來嗎？」

法托菈如此詢問守門人。一直被迫呆站在原地，看得出來她已經不悅。雖然法托菈總是這種表情，但她絕對很不爽。

「真是不好意思。當家肯定正在猶豫該穿哪一件衣服吧。」

既然對方如此表示，那就只有等待。

——過了三十分鐘。

「這到底是怎麼回事？請趕快叫當家來好嗎？」
法托菈質問守門人。
可是守門人僅表示「我並不清楚」。
然後法托菈露出非常可怕的表情望向小女子。
以為她要對小女子發脾氣，小女子嚇了一跳。
「馬上就使出下馬威。讓我們等到天荒地老的整人招式……」
「這種可能性……非常充分哪……」
可以確定顯然不太對勁。
至於瓦妮雅，已經坐在豪宅前方直接午睡。
雖然法托菈表示「這樣太難看了，趕快起來！」並立刻搖晃她……
——然後過了一個小時。
「有勞您大駕光臨，平民農業大臣殿下。」
好不容易，納斯托亞卿才拖著宛如章魚觸手般的根部腳前來。
看長相是典型貴族男性的印象。
「平民農業大臣嗎？現在可是不折不扣的貴族哪。算了，這些瑣事無妨。一直站著怪累人的，帶咱們到有椅子的房間去吧。」

現在小女子的身分地位比較高，因此擺出架子。誇張的語氣也已經運用自如。

「嗯，請進，請進，平民農業大臣殿下。」

——他的確替咱們準備了椅子。

卻破爛得彷彿一坐就會垮掉。

歪七扭八，搖搖欲墜，彷彿強風一吹就會分解。簡直就是拿幾片木板搭成椅子的形狀。

「哦，還真是環保精神十足哪……」

連小女子都氣得太陽穴跳動。

法托菈則一直瞪著對方。

「抱歉只準備了這樣的椅子，哎呀~真是不好意思呢。」

個性真的很惡劣……當初沒想到他這麼可惡……

瓦妮雅與小女子交頭接耳。

「上司，可別出手揍他喔……？他就是存心引誘我們先動手。比方說我們主動攻擊，他才以正當防衛的名義還擊，他的目的就是將局面引導至這樣……」

這番話不見得是瓦妮雅的胡言亂語……

咱們正成為對方的目標……

「話說，納斯托亞卿。由於你的領土尚未繳交半分稅金，咱們才會前來確認，能不能帶咱們前往農田視察？」

「在那之前各位都累了吧，請喝飲料。」

這時候端來的是紫色的神祕飲料。

看起來實在很凶險。再怎麼疏忽大意，也不至於毫無戒心地大口喝下去吧——原本如此心想，結果瓦妮雅張口就要喝，小女子急忙伸手摀住她的嘴。

「唔唔唔唔……！」

「妳的破綻實在太多了哪。」

法托菈從懷中緩緩取出粉紅色便利貼之類的東西。

「這是試毒紙。粉紅色的紙碰到弱毒性會變成褐色，強烈毒性就會變成黑色。」

說完沾了一下飲料。

只見試紙變成漆黑色。

「是劇毒呢。絕對不能喝下肚。」

法托菈跟著狠狠瞪了納斯托亞卿一眼。

由於不能中對方的挑釁，總之先以視線威嚇他。

「哎呀，真是不好意思。不小心在飲料裡下了毒呢。」

這男人真是徹底瞧不起咱們哪……這哪是不小心的問題，難道不能當犯罪處理嗎……？

「那麼就帶各位到農場去。麻煩各位檢查收穫量。」

咱們這次在帶領下來到離豪宅有點距離的農田。
這一帶出產小麥，要看究竟成熟了多少。
移動中依然不敢掉以輕心，咱們隨時注意情況。
前往農田附近是與納斯托亞卿搭乘同一輛馬車，但他甚至有可能直接攻擊咱們。
在這裡除了自己人以外，所有人都是敵人。
暫時平安抵達了小麥田。
「我就開門見山說了——這不是結實纍纍嗎？」
法托菈的聲音帶有不悅的怒火。小女子也跟著點頭。
「看起來很美味呢~飽滿的麥穗低著頭。似乎可以烤出不錯的麵包喔。」
瓦妮雅的感想有些離題，但意義是一樣的。
根本沒有歉收，反而大豐收。
他果然存心擺爛，刻意不繳稅。
「納斯托亞卿，這樣要宣稱歉收有難度吧——」
小女子轉頭望向納斯托亞卿——
結果他卻不見蹤影！

剛才他的確和咱們一起走下馬車不是嗎！

取而代之，裝備弓箭的艾納溫族逼近咱們！

完全擺明了不留活口。

「可惡！你敢暗算咱們！」

「艾納溫族果然最壞了啦！當初就不該來這裡的！」

咱們連忙逃跑。不跑的話箭矢可要飛過來了！

天啊，早知道會這樣，當初就該一直當個小公務員處理業務才對嗎？如此一來，至少不會面臨生命危險……

原本想以魔法迎擊，但是麥田還悄悄潛伏著類似魔法師的敵人。應該是一旦咱們準備使用魔法，就加以妨礙吧。既然以魔法迎戰會增加破綻，反而還會丟了性命……

但是，咱們也並非毫無準備。畢竟可不是等閒魔族。

「別西卜大人，請稍微遠離一點。」

法托菈站在小女子前方表示。

「這裡是農田，有的是空間，請交給我吧。」

「知道了。絕對別受傷了啊。」

小女子牽著瓦妮雅的手，與法托菈保持距離。

乍看之下像是對法托菈見死不救，其實並非如此。

眼看箭矢朝獨自站立的法托菈發射。
這一瞬間，法托菈的身影巨大化，變成利維坦的外型！
飛來的箭矢宛如玩具般，叮叮噹噹被堅硬的皮膚彈開。
「太、太大啦！」「這根本贏不了啊！」
見到利維坦的艾納溫族，頓時夾著尾巴逃跑。
雖然艾納溫族沒有尾巴。
「看來是得救了哪……」
總之，小女子與瓦妮雅先躲進法托菈身上的建築物堅守。
「這些人的舉動簡直豈有此理……趕快回去向魔王大人報告吧！」
瓦妮雅已經半哭喪著臉。小女子很明白她的心情，但是——
「如果直接讓咱們回去，對方應該也很傷腦筋。老大應該會出面解釋吧。」
果不其然，從法托菈的身上見到納斯托亞卿出面。
小女子吩咐法托菈恢復人型，與納斯托亞卿當面對質。
「真不好意思，平民農業大臣殿下。忘記今天在此地進行狩獵了。剛才只是一點小過失，哈哈哈。」
是嗎？到這種地步還要裝傻啊。
「任何人都難免犯錯，這點小事就原諒你吧。」

小女子光明正大挺起胸膛，笑著回答。

面對小女子的態度，納斯托亞卿的笑容先垮掉。

因為小女子的應對太過瀟灑吧。

「小女子哪，其實不會拘泥於小節。畢竟小女子是農業大臣嘛。被小事局限而對大事馬虎，可就無法當農業大臣了。原來如此，小女子雖然出身平民，但農業大臣就是農業大臣。畢竟當了農業大臣哪～♪」

只見納斯托亞卿的表情頓時僵硬。

果然沒錯。

這男人一直對於無法成為農業大臣一事耿耿於懷。

「所以說，納斯托亞卿。想和你確認重要事項，看這情況收穫應該毫無問題吧，希望你能如實繳納稅金。這一點沒有問題吧？小女子身為農業大臣，只是來確認這一點而已。你身為鄉下領主，可得好好盡到自己的責任啊。」

「閉、閉嘴，臭ㄚ頭！」

納斯托亞卿氣得大吼。

終於露出本性了吧。

「什麼農業大臣！這種來路不明的人居然也能當大臣，簡直沒天理了！原本應該是我當農業大臣才對！」

「你的如意算盤根本不重要。實際上，目前農業省的首長是小女子，你只是一個退休的前任貴族，還不乖乖繳交租稅。你要怎麼說壞話都行，繳稅就對了，繳稅，繳稅，快繳就對了！」

「哼！居然找這種窮酸丫頭當農業大臣，丫頭魔王也是蠢到無可救藥！」

這句話可不能裝作沒聽到。

「喂！你竟敢口吐侮辱魔王大人的穢言，這絕對不能原諒！嚴重的話甚至得以你的性命贖罪！」

要怎麼罵小女子都無妨。

反正這輩子肯定會遭受數不清的流言蜚語攻擊。

畢竟是前所未聞，從小公務員提拔的大臣。肯定早就有人謠傳是不是掌握了什麼弱點，或是哪個高官的情婦之類。要是一一計較這種事情，日子就甭過了。

可是對魔王大人的狂言，就不能置之不理。

「妳手下的利維坦也同樣是笨蛋。居然服從這種低級魔族，簡直一點自尊都沒有！」

這混蛋！居然連法托菈與瓦妮雅都罵！

「納斯托亞卿，小女子要求與你決鬥。如果小女子贏了，首先，你得向兩名祕書官低頭道歉，然後親自到魔王大人面前謝罪——唔唔！」

結果法托菈立刻從後方衝上前，勒住小女子。

「您在說什麼啊！明明已經靜靜地將對手逼得走投無路，為什麼還要決鬥！」

「法托菈，快放手！他侮辱小女子就算了，但侮辱魔王大人與妳們兩個部下，就絕對不可原諒！要是置之不理，農業大臣還怎麼當下去！」

連瓦妮雅都跑來幫法托菈助陣，眼看眼淚快奪眶而出。

「說要決鬥，萬一出了什麼差錯，上司有可能會送命耶!?拜託上司收回吧！」

沒錯，決鬥要是一不小心，甚至會鬧出人命。

納斯托亞卿也早已迫不及待，可能以為事情發展十分順利吧。

「那麼，如果我贏了決鬥，我要妳辭去農業大臣的職位。接不接受這種條件？」

「行！這種東西，要多少就儘管拿去！還有，事到如今也別再用敬語了，一點意義都沒有。」

小女子絲毫不肯退讓。

「我好歹也是身分尊貴之人。妳這低等魔族面對代代相傳的貴族竟然毫不退讓，唯有這股幹勁倒是可以稱讚。」

決鬥地點在豪宅的庭院。

納斯托亞卿手拿著劍。由於艾納溫族能從自己身體伸出藤蔓攻擊，那多半是用來殺死小女子的武器。

小女子則雙手空空，基本上不會隨身攜帶武器。

觀眾全都是他們家族的相關人物，亦即對方占了地利。

話雖如此，小女子可不想以加油人數不同當成落敗的藉口。

「別西卜大人……有危險的時候務必要棄權啊……」

「上司，就算遭到開除，利維坦家族也會收留您一輩子的！」

祕書官姊妹兩人為小女子加油，光是這樣就足夠了。但這算是加油嗎……？不如說是擔心吧……

「嗯嗯。哎……這幾年來，小女子的個性也變得血氣方剛了哪。」

當年樸實地處理會計彷彿夢幻一般。

現在究竟是哪個小公務員在做自己當年的工作呢。小女子有製作指南，只要確實看過應該就不會出問題。

「我要消滅低等魔族，再度回到農務省！只要妳辭職，風向肯定還會改變！」

隨你去講吧。對啊，如果不擺平這傢伙，就無法完全清除沉痾呢。

現在也明白為何會派遣小女子前來了。對於垮臺的傢伙而言，小女子本身就是讓他們妒火中燒的燃料。

那麼，讓他們直接燃燒殆盡，化為灰燼吧。

小女子先深呼吸一口氣。

面對關鍵時刻，需要深呼吸。

這不是別人教的事情。不如說，是小女子告訴法托菈的。

是當年妹妹瓦妮雅燒掉了重要文件那件事。即使冷靜的法托菈都急得腦充血。所以小女子命令她深呼吸。

「如果生得逢時，小女子就是迎戰人類的魔王大人幹部了。要是連個鄉巴佬貴族都打不贏，可就太不像話啦。」

「區區平民還敢嘴硬！」

納斯托亞卿以根部雙足奔跑。

小女子則伸展翅膀，衝向敵人。

別小看蒼蠅王！

鑽過敵人的藤蔓捲成的鞭子——

「誰是平民哪！小女子可是高傲的貴族！」

毆打敵人的臉。
咚砰！
「你這無理之徒！」
眼看敵人的身體失去平衡，小女子再補一擊。
叭叩！
「而且你連魔王大人都敢侮辱！這可是重罪！」
這次從左下方往上踢。
噗叩！
然後小女子雙手互握，像鐵鎚一樣敲向敵人腦袋。
轟——！
正準備下一擊決勝負的時候，納斯托亞卿已經暈了過去。
「嗯……？已經結束了嗎……？這樣就打完了啊……？」
原本預料戰鬥會再稍微白熱化一些，對方卻連一點動靜也沒有。好歹也是貴族，總不會使出裝死偷襲的三流手段吧。
保險起見，小女子又踢了一腳，只見他流出不知道是口水還是樹液之類的東西。
望向兩名祕書官，她們絲毫沒有喜悅的神色，反而一臉愕然。
「怎麼回事……？難道小女子犯規了嗎……？妳們的反應讓人在意哪……」

「上司！您強得太噁心啦！不如說很噁心喔！很噁心耶！」
「喂，瓦妮雅！要是再胡說八道，就扣妳薪水喔！」
根本沒在誇獎嘛！
「畢竟別西卜大人一直為了變強而努力呢……可是，想不到竟然這麼厲害……在魔族中也是頂級實力呢……」
連法托菈都露出難以置信的表情，但是不久後，綻放出笑容。
「非常恭喜您，別西卜大人。」
這句話讓小女子也熱淚盈眶。
「這樣才終於感覺到，成為妳們貨真價實的上司哪。」
小女子走向兩人，敞開雙手將兩人摟在懷中。

◇

「——納斯托亞卿統治地區分配計畫的說明到此結束。」
小女子在魔王大人的房間內結束報告。
由於告訴其他幹部也沒有意義，因此採一對一形式。
納斯托亞卿由於沒有正當理由欠稅，以及侮辱魔王大人等各種罪名而遭到放逐。

「好的，別西卜小姐，辛苦你了。」

魔王大人走近小女子，拍了拍肩膀。

「妳成長得愈來愈像我偏好的魔族了呢。我也很開心喔～」

「魔王大人，難道您也早就知道這起事件會發展至此，才派小女子去嗎？」

派遣對誇臺的人而言最惹人厭的人，故意刺激對方。

不論納斯托亞卿或小女子，都逃不出魔王大人的五指山。

「我啊，不懂太困難的事情喔。」

魔王大人以笑容裝糊塗。如此一來也無法追究下去。

「不過，我有個理想喔。說得更具體一點，就是理想中的姊姊大人形象。」

「是、是嗎……」

究竟是什麼意思啊……？

「受到任何人仰慕，眾人眼中的人氣王，醞釀出高貴的氣氛，但是實際上卻出身平民，一切都以努力補足——不覺得這是相當優秀的設定嗎？」

唯一可以確定的是，這番話是在形容小女子……

「然後，這樣的姊姊大人有個妹妹，是與生俱來的超高貴家族千金——不覺得這種反差非常棒嗎？」

這次魔王大人將雙手搭在小女子的肩膀上。

還有，眼神好像是認真的……

「我好像，終於將別西卜小姐改造成理想中的姊姊大人了呢。呵呵呵呵呵～」

小女子頓時感到危機。

記得魔王大人的實力，憑現在的小女子依然差得遠……

但是，卻不是這種層次的恐怖……

「那、那麼，小女子還有農業大臣的工作，就先告退了！」

離開魔王大人後，小女子急急忙忙退出房間。

身後雖然傳來「等等！姊姊大人候選不要逃跑嘛！」的聲音，還是裝作沒聽到吧……

原本以為教訓敵人，成功以農業大臣的身分大顯身手——

但總覺得又有麻煩的問題上門了……

完

後記

好久不見了，我是森田季節！

雖然有點突然，不過我決定要去越南了喔。

真的太突然了，所以在此說明一下。

二月下旬，受到在越南書展舉辦的活動「Haru no Tsuki」招待，決定在三月下旬前往越南。

雖然《狩獵史萊姆三百年》目前在越南也出版，不過這是第一次以小說家的身分受到外國招待，真是備感榮幸。所以說，相隔十二年前去辦理護照換發。

即使在之前的人生中，經常突如其來踏上旅途，比方說大河劇確定開拍後隔天搭新幹線前往真田家的根據地長野縣上田市（決定出發正好在大河劇發表的前一天，對這種驚人的偶然嚇了一跳），但完全沒想到會突然有事出國。希望也好好享受這種出乎意料。

接下來是各種通知事項。

首先，廣播劇ＣＤ第二彈決定了喔！叭叭～！

下一集第七集，將會同時發售通常版與附贈廣播劇ＣＤ的限定版喔！

會立刻決定推出第二彈，是第一彈的預定量與銷售量長紅的結果。真的非常感謝購買第一彈的各位讀者！

那麼，關於第二彈的內容——

上一次是聊咖哩，這一次則預定聊拉麵。

還有，由於難得以廣播劇ＣＤ的方式呈現，因此也想稍微嘗試在本篇劇情做不到的事。詳情請各位務必親耳確認！內容不論是超喜歡拉麵的人，或是特別討厭拉麵的人都能充分享受，敬請各位多多指教！當然即使沒聽過第一彈也完全沒有問題，請各位儘管放心！

此外，上次的第一彈預定量超乎預料地多，或是店家沒有擺出太多限定版，導致似乎有讀者買不到。麻煩想確實買到的讀者利用預約訂購。

接下來，漫畫版第二集將在夏初發售喔！叭叭～！

Gan Gan GA廣受歡迎連載中的漫畫版（真的很受歡迎。第一集發售一個月就足足再版了兩次喔！）這次要出第二集了喔！

第二集在內容上預定刊載至龍族結婚典禮篇。

歡迎各位支持シバユウスケ老師筆下可愛到不行的亞梓莎與萊卡等人喔！
漫畫版目前正在Gan Gan GA與漫畫應用程式的「漫畫UP！」連載！敬請各位收看！

http://www.ganganonline.com/contents/slime/

最後，從右邊網址能前往的Gan Gan GA上，從四月十二日（日本時間）要開始連載外傳小說第二彈囉！叭叭～！

上一次是正好刊登在第六集後面的別西卜故事，接下來預定撰寫高原之家的惹麻煩隊長，哈爾卡拉的劇情。

我會寫出能以與別西卜那時完全不一樣的視角，充分享受的小說內容。敬請期待！

多虧各位支持，連載別西卜外傳的時候在小說連載創下了破格的高點閱數紀錄。
非常感謝在連載中觀賞的各位讀者！

接著是慣例的致謝詞。叭叭叭叭叭叭～！

負責本作插圖的紅緒老師，這一次同樣幫忙繪製了精美的插圖呢！已經第六集了，心想就算是奇幻作品，差不多也該有泳裝篇了，因此硬拗出穿泳裝的劇情，承蒙老師幫忙繪製彩頁，真的非常滿足。

此外，每一次都推出新角色而造成老師的麻煩……第六集的概念是「各種妖精與哈爾卡拉的故鄉」，新登場妖精角色也非常可愛而有趣！還想以妖精們寫些什麼呢。

還有，這一次購買本作品的各位，實在是非常感謝。各位的支持是這部作品得以延續的動力。今後會繼續乘著讀者們的聲援順風，讓《狩獵史萊姆三百年～》展翅翱翔！

森田季節

浮文字

持續狩獵史萊姆三百年，不知不覺就練到ＬＶ ＭＡＸ（06）

（原名：スライム倒して３００年、知らないうちにレベルＭＡＸになってました６）

作者／森田季節　封面插畫／紅緒　譯者／陳冠安
發行人／黃鎮隆　總經理／陳君平
經理／洪琇菁　國際版權／黃令歡
執行編輯／呂尚燁　美術編輯／王羚靈
企劃宣傳／邱小祐
出版／城邦文化事業股份有限公司　尖端出版
台北市中山區民生東路二段一四一號十樓
電話：（〇二）二五〇〇七六〇〇　傳真：（〇二）二五〇〇二六八三
E-mail：7novels@mail2.spp.com.tw
發行／英屬蓋曼群島商家庭傳媒股份有限公司城邦分公司　尖端出版
台北市中山區民生東路二段一四一號十樓
電話：（〇二）二五〇〇—七六〇〇（代表號）
傳真：（〇二）二五〇〇—一九七九
中部以北經銷／槙彥有限公司
電話：（〇二）八九一九—三三六九
傳真：（〇二）八九一四—五五二四
雲嘉經銷／智豐圖書股份有限公司　嘉義公司
電話：（〇五）二三三—三八五二
傳真：（〇五）二三三—三八六三
南部經銷／智豐圖書股份有限公司　高雄公司
電話：（〇七）三七三—〇〇七九
傳真：（〇七）三七三—〇〇八七
一代匯集／香港九龍旺角塘尾道六十四號龍駒企業大廈十樓Ｂ＆Ｄ室
電話：（八五二）二七八三—八一〇二
傳真：（八五二）二七八二—一五二九
馬新總經銷／城邦（馬新）出版集團　Cite(M)Sdn.Bhd.
E-mail：Cite@cite.com.my
法律顧問／王子文律師　元禾法律事務所
台北市羅斯福路三段三十七號十五樓
二〇二〇年三月一版一刷
二〇二一年六月一版二刷

■中文版■

郵購注意事項：
1. 填妥劃撥單資料：帳號：50003021戶名：英屬蓋曼群島商家庭傳媒(股)公司城邦分公司。2. 通信欄內註明訂購書名與冊數。3. 劃撥金額低於500元，請加附掛號郵資50元。如劃撥日起 10～14日，仍未收到書時，請洽劃撥組。劃撥專線TEL：(03) 312-4212 ・ FAX：(03) 322-4621。E-mail：marketing@spp.com.tw

國家圖書館出版品預行編目資料

持續狩獵史萊姆三百年，不知不覺就練到LV MAX(06) /
森田季節著 ； 陳冠安 譯.--1版.
--臺北市：尖端出版, 2020.03 面 ; 公分.--(浮文字)
譯自:スライム倒して300年、
知らないうちにレベルMAXになってました6
ISBN 978-957-10-8824-2(第6冊：平裝)

861.57 109000783